ちくま文庫

アテネのタイモン

シェイクスピア全集29

松岡和子 訳

筑摩書房

Timon of Athens

目次

アテネのタイモン

人物

タイモン　アテネの裕福な貴族
フレヴィアス　タイモンの執事
ルシリアス
フラミニアス
サーヴィリアス　｝タイモンの召使い
アペマンタス　つむじ曲がりの哲学者
アルシバイアディーズ　アテネの武将
フライニア
ティマンドラ　｝アルシバイアディーズに同道する娼婦たち
道化
小姓
アテネの貴族や元老院議員　うち何人かはタイモンに媚びへつらう
ヴェンティディアス
ルーカラス
ルーシアス
センプローニアス　｝タイモンにへつらう不実な友人たち
ケイフィスその他タイモンの債権者たちの召使いたち

詩人
画家
宝石商
商人
仮面劇のキューピッドとアマゾンたち
山賊たち
兵士たち
ホスティリアスその他の外国人
アテネの老人

場所　アテネとその近郊の森

（注）各人物の説明の多くは一六二三年出版のシェイクスピア戯曲全集、第一・二つ折本に基づく。

第一幕[*1]

第一場　タイモン邸の広間[*2]

詩人、画家、宝石商、商人が別々のドアから登場。

詩人　こんにちは。
画家　お元気で何よりです。
詩人　お久しぶりです、いかがです、景気は？
画家　悪くなる一方です。[*3]
詩人　みんなそう言ってますよ。ところで何か変わったことはありませんか、ああ前代未聞の面白い話は？　ご覧なさい、ああ

＊1　一六二三年に出版されたシェイクスピアの戯曲全集The First Folio（第一フォリオ、第一・二つ折本、以下F）の幕割りと場割りは、最初の「第一幕第一場（Actus Primus. Scaena Prima.）」のみ。これ以後の幕割り、場割りは後の校訂による。

＊2　場所の指定も後代の校訂による。タイモン邸の中庭、控えの間という解釈もある。

＊3　It wears, as it grows.「大きく育つにつれてすり減る」。詩人の問いを画家は世の中一般のこととして受け止め、時が経つにつれて悪くなるということを言っている。

[*1]恩恵の魔力よ、お前の呪文で呼び出された魑《ち》魅魍魎《みもうりょう》が
群がっている。あれは私の知り合いの商人だ。

画家　私は二人とも知っている。一人は宝石商です。

商人　[*2]いやあ立派な方《かた》ですよ。

宝石商　言うまでもありません。

商人　まったく比べものがない。いくら善行《ぜんこう》を積んでも
疲れないよう鍛えておいでだ。
その点ではこの上なしです。

宝石商　ここに一つ持ってきたんですが。

商人　ほう、どれ、ちょっと拝見。タイモン卿に？

宝石商　ええ、言い値でお買い上げくだされば。ところで、それ
は——

詩人　[*3]（画家に）報酬目当てに悪《あ》しきものを賞賛すれば
良きものを巧みに讃える詩の
栄光をも汚す。

商人　いい形ですね。

宝石商　質もいい。ほら、透明度も輝きも。

＊1
この戯曲に多出する頓呼法（rhetoric of apostrophe 文の途中で、その場に居ない人または擬人化したものに呼びかけること）の第一号。

＊2
O, 'tis a worthy lord! 言うまでもなくタイモンのこと。

＊3
独り言とみなせる。「画家に傍白」というト書きをつける編注もある。

画家　詩作に没頭しておいでのようだが
　タイモン卿に献呈なさるのですか？
詩人　ふとこぼれ出たものにすぎません。
詩はゴムの樹液のように
自然に生まれ自然ににじみ出る。火打ち石は
打たれて初めて火を発しますが、我々の炎は緩《ゆる》やかに
ひとりでに生まれ、川の流れのように
次々と現れる障害物を越えてゆく。そこにお持ちなのは？
画家　肖像画です。あなたのご本の出版はいつですか？
詩人　タイモン卿への献呈が済み次第。
その絵を拝見しましょうか。
画家　いい出来ですよ。
詩人　全くだ、よく描けている、素晴らしい。
画家　そこそこです。
詩人　素晴らしい！　どうです、品《ひん》の良さが
ご身分の高さを物語っている！　この目が放つ
光の源は英知そのもの！　この唇に動くのは

大きな想像力！　絵姿は無言でも
何を言っておいでかは見れば分かります。
画家　生き写しってとこですかね。
ここのタッチ――どうです？
詩人　言うなれば、この絵は
大自然の指南役です。大した技量だ、このあたりのタッチには
実物以上に生き生きした命がこもっている。

元老院議員たちが登場し、*舞台を横切る。

画家　千客万来《せんきゃくばんらい》だ！
詩人　アテネの元老院議員です、幸せな連中だ！
画家　ほら、後から後から！
詩人　どうです、この訪問客、押し寄せるこの大洪水――
私はこの拙《つたな》い詩で或る人物を描き出しました、
地上の世界はその人を抱きしめんばかりに
気前よくもてなしています。自由に漂《ただよ》う私の詩ごころは

＊　Fのト書きはEnter certain Senators. だけだが、この場ではまったく台詞がないので、のちにCapellが 'and pass over the stage.' と付け加えた。あるいは登場してそのままこの場に残るのかもしれない。

特定のどこかで立ち止まったりせず、広大な海を
どこまでも進んでゆく。私の航路には
誰かを狙《ねら》った悪意の矢弾《やだま》はひと言もなく、
鷲《わし》のようにひたすら高く飛翔し、
なんの痕跡も残しません。

画家　おっしゃることが飲み込めませんが。

詩人　ご説明しましょう。
ご覧の通り、あらゆる階層、あらゆる気質の人々が、
つまり口がうまくて不実な者も、謹厳実直な者も
こぞってタイモン卿に
奉仕しようとしているでしょう？　あの方の莫大な財産には
恵み深い善意が結びついているので、あらゆる種類の人間が
あの財産にひれ伏し、あの方の愛と注目を浴びようと
やっきになる。そう、うぬぼれ鏡みたいなおべっか使いから、
自分を嫌うのが大好きなアペマンタスにいたるまで
誰も彼も。そのアペマンタスでさえあの方の前では
ひざまずき、「よし」とうなずいてもらっただけで

豊かな気持ちになり大人しく帰ってゆく。

画家　二人が話しているのを見たことがあります。

詩人　私が空想する運命の女神は、高く心地よい山の頂《いただき》に玉座を占めている。山のふもとを幾重にも取り巻くのはあらゆる価値、あらゆる資質をそなえた人々で、みんなこの地上で財産を増やし、社会的地位を高めようと汗水たらしている。誰もが女王然とした女神をじっと見つめているが、私はその中の一人をタイモン卿その人として描きました、運命の女神は象牙のように白い手でその人を手招きし、ただちに目をかけるので、それを目にした競争相手たちはたちまちその人の奴隷や召使いになりさがる。

画家　的を射た着想ですね、そういう玉座があり、運命の女神がおり、山があり、ふもとの連中の中から手招きされた男が一人、頭を垂れ険しい山を幸福目指して

登ってゆくわけだ、しかしそういう情景なら
絵画の分野でこそうまく表現できると思いますが。

詩人　いや、先を聞いてください。
つい最近まであの方の同輩だった人々が、それどころか
同輩以上だった者までが、今はあの方のあとに
付いて回り、お仕えしようとお屋敷の広間に群がっている、
神官が生贄《いけにえ》を捧げるようなささやき声で
おべっかを耳にそそぎこみ、あの方の鐙《あぶみ》を押さえることを
神聖な仕事とみなし、自由に吸える空気さえ
あの方の賜《たまわ》りものだと有難がる。

画家　なるほど、それで?

詩人　ところが、運命の女神は例によって気まぐれだから
最近まで可愛がっていた者を蹴落としてしまう、すると
彼のあとから四つん這いになって必死に
山の頂上を目指していた腰巾着《こしぎんちゃく》どもは、
彼が滑りおちるのをそのまま見過ごし、
ただの一人も一緒に転落しようとしないのです。

画家　ありきたりですね。
そういう運命の激変を示す寓意画なら、
千枚でも描いてお目にかけられます。言葉よりずっと
説得力がある。ですが、どんなに卑しい者でも
登[*1]ってくる者の頭を蹴る足を見たことがあると、
タイモン卿に警告するのはいいことだ。

　トランペットの吹奏。タイモンが訪問客の一人一人に丁寧に言葉をかけながら登場。ヴェンティディアスからの使者が彼に向かって口上を述べている。ルシリアスその他の召使いたちがそのあとに続く。

タイモン　投獄された？
使者　はい、お優しい旦那様、主人は五[*2]タレントの負債をかかえて
困窮の極みにあり、債権者は厳しく責めたてております。
主人を投獄させた者たち宛てに閣下に一筆書いて

＊1
To show Lord Timon that mean eyes have seen/The foot above the head. that 以下の the foot above the head の解釈に諸説ある。①真っ逆さまに落ちてゆくこと（落下するとき頭が下で足が上になるから）、②foot を運命の女神の足と解釈し「頭を蹴る女神の足を見たことがある」、③後から付いてきた卑しい者たちの足が落下する者の上に位置する。

＊2
five talents　タレントは本来重量の単位（二五から三〇キログラム）だが、金銀の重さに基づいて通貨の単位を指すようになった。もっとも作者もそれがどの程度の価値か分かっていたわけではないらしい。一説に

いただきたい、それが主人のお願いで。駄目だとなれば
主人はもうおしまいです。

タイモン 立派なヴェンティディアスが、よし！
私は、私を必要としている友人を
振り捨てるような人間ではない。分かっている、
彼は助けて当然の紳士だ、お力になろう。
負債は私が肩代わりし、自由の身にして差し上げる。

使者 主人は旦那様のご好意を多といたしましょう。

タイモン よろしくお伝えしてくれ。保釈金を届けさせよう、
釈放されたら拙宅《せったく》にお越しいただきたい。
弱い者は助け起こすだけでは足りない、
その後も支えなくてはな。ご機嫌よう。

使者 お幸せをお祈りします。　（退場）

アテネの老人登場。

老人 タイモン様、お聞きください。

は一タレントは今日の金額に換算すると五〇〇ポンドから一〇〇〇ポンド。本作には他にも様々な通貨単位が出てくる。

タイモン　遠慮なく言いなさい、ご老人。
老人　ルシリアスという召使いをお抱えですな。
タイモン　ああ。その男がどうかしたか？
老人　ご立派なタイモン様、そいつをここにお呼びください。
タイモン　その辺に控えているはずだが？　ルシリアス！
ルシリアス　ここに、ご用でしょうか。
老人　この男は、タイモン様、お宅のこの下僕は、夜な夜な手前の家にやって来ます。手前はもの心ついた頃から蓄財に励み、おかげで土地財産も、皿運びの召使いよりましな男に継がせたいと思うくらいになりました。
タイモン　なるほど、それで？
老人　手前にはたった一人の娘のほかに係累《けいるい》はなく、蓄えたものすべてを娘に譲ることになります。娘は器量よしで、ようやく年頃になり、手前は金に糸目をつけず最高の花嫁修行をさせ、どこへ出しても恥ずかしくないよう育てあげました。そこへお宅のこの男が

現れ、娘の愛を得ようと誘いかける——お願いです、旦那様、
手前の力になり、娘に近づくなとこの男にお命じください。
手前が言っても埒《らち》が開きませんので。

タイモン　この男は正直者だ。

老人　*だから正直なままでいればいいんだ、タイモン。正直ってのは、それ自体が褒美だ、娘までおまけに付けてやることはない。

タイモン　娘さんはこの男を愛しているのか？

老人　まだ幼くて感じやすいので。
我々も若いころはのぼせ上がって軽はずみなことを
したものです、それが教訓ですな。

タイモン　（ルシリアスに）その娘を愛しているのか？

ルシリアス　はい、旦那様、あちらも私の愛を受けいれてくれます。

老人　もし娘が私の承諾なしに結婚するなら、
神々も照覧あれ、いっそその辺の
乞食を婿に選び、娘にはびた一文与えず、

＊ Therefore he will be. Timon. 老人はこの一行以外では、タイモンに呼びかけるとき lord Timon とか、most noble Timon、most noble lord などと敬称をつけているのだが、ここだけは呼び捨て。あえて無礼な態度を取っているのか。

丸裸で放り出してやる。

タイモン　持参金はいくらつけてやるつもりだ、
娘さんが対等な身分の男と結婚するなら？

老人　とりあえず三タレント、いずれ全財産を。

タイモン　この男は良い家の出で、長く私に仕えている、
この男の運を開くためなら、私がひと肌脱ごうじゃないか、
それが人としての務めだ。娘さんを彼にやりなさい。
*あなたが娘さんに譲る財産に釣り合うものを
私がこの男に与え、二人の目方を等しくするから。

老人　ご立派な旦那様、
名誉にかけてお誓いになるなら、娘はこの人のものです。

タイモン　私の手を取れ、名誉にかけて約束する。

ルシリアス　ありがとうございます、旦那様。この先
わたくしがどれほどの地位や幸運に恵まれようと、すべて
旦那様のおかげでございます。　（老人と共に退場）

詩人　私の作品をご笑納ください、ご長寿をお祈りします。

タイモン　ありがとう、すぐ礼をしよう、

---

* What you bestow, in him I'll counterpoise/ And make him weigh with her. 天秤の二つの皿に二人を載せているイメージ。

待っていてくれ。やあ、何をお持ちですか？
画家　絵でございます、お収めいただきたいと
存じまして。
タイモン　絵は大歓迎だ。
描かれた人物は自然な人間そのものと言っていい。
何しろ生身の人間は不正直と取り引きするから、
見かけ倒しになる。だが絵姿は目に映るとおりのもので
裏表《うらおもて》がない。その絵が気に入った。
気に入った印に――待っていてくれ、
今すぐもっといい返事を聞かせるから。
画家　神々のご加護がありますよう。
タイモン　ご機嫌よう*、どうかお手を。
是非食事をご一緒しましょう。ところであなたの宝石の
評判ときたらたまったものではない。
宝石商　え、評判が悪いのですか？
タイモン　良すぎてたまったものではないのだ――
褒め言葉に見合う代金を払うなら

＊　Well fare you, gentleman, give me your hand./ We must needs dine together. この gentleman が誰のことを言っているのか曖昧。これまで話していた画家か、これから話しかける宝石商か。演出によってどちらでも可。

私はすっからかんになるからな。

宝石商　旦那様、値段をつけるのは売り手ですが、ご承知のとおり同じ値打ちの品でも持ち主の値打ちが違えば、値段も違ってまいります。本当です、旦那様、あなた様がお着けになれば、この宝石の価値も上がります。

タイモン　うまい台詞回しだ。

アペマンタス登場。

商人　いえ、旦那様、この人が言っているのは誰もが口をそろえて言うような当たり前のことです。

タイモン　おっと、誰だ、あれは――悪口を浴びたいかね？

宝石商　我慢します、旦那様とご一緒に。

商人　あの人は誰ひとり容赦しないから。

タイモン　おはよう、優しいアペマンタス。

アペマンタス　俺が優しくなるまで「おはよう」は無しだ。

あんたがタイモンの犬になり、このゴロツキどもが正直者になるまでは。
タイモン　なぜこの二人をゴロツキと呼ぶ？　誰だか知らないだろうに。
アペマンタス　二人ともアテネ人だろ。
タイモン　そうだ。
アペマンタス　なら撤回しない。
宝石商　私をご存じで、アペマンタス？
アペマンタス　聞くまでもない、いまお前の名前を呼んだじゃないか、「ゴロツキ」って。
タイモン　偉そうな態度だな、アペマンタス。
アペマンタス　タイモンみたいじゃないから俺は偉いんだ。
タイモン　どこへ行く？
アペマンタス　アテネの正直者の頭を叩き割りに。
タイモン　そんなことをしたら死刑だぞ。
アペマンタス　いいとも、何もしないのに法律で死刑になるなら。*
タイモン　この絵をどう思う、アペマンタス？

* Right, if doing nothing be death by th' law.　アテネには正直者は皆無なので、頭を叩き割ろうと出かけても、誰の頭も叩き割らない＝結果的に何もしない、というねじれたジョーク。

アペマンタス　最高、*1文字通り絵に描いたようなお人好しだ。
タイモン　これを描いた画家の腕はたいしたものだろう？
アペマンタス　*2その画家をこしらえたやつの腕のほうが上だ。それにしても、こいつの出来はお粗末で穢《きたな》らしいな。
画家　あんたは犬だ！
アペマンタス　貴様のおふくろは俺と同類で同じころに生まれた――俺が犬なら貴様のおふくろは何だ、雌犬か？
タイモン　一緒に食事でもどうだ、アペマンタス？
アペマンタス　いや、俺は貴族は食わない。
タイモン　貴族を食ったら貴婦人方が怒るだろう。
アペマンタス　おっと、貴婦人方は貴族を食う――だから腹がふくれてるんだ。
タイモン　ずいぶん猥褻《わいせつ》な見方だな。
アペマンタス　そう見るのはあんただよ、その見方を駄賃に取っとけ。
タイモン　*3この宝石はどうだ、アペマンタス？
アペマンタス　よくないね、率直という宝石に比べても。率直な

＊1
The best for the innocence. ここの innocence の意味は「無邪気、無垢」ではなく「愚かしさ、単純馬鹿」という軽蔑的なもの。

＊2
He wrought better that made the painter. このHe（その画家をこしらえたやつ）を「神」とする解釈、リアルに「（画家の）父親」とする解釈がある。どちらとも取れる。

＊3
Not so well as plain-dealing. Plain-dealing is a jewel, but they that use it die beggars.（率直は宝石、だが使えば乞食として死ぬ）という諺がある。

んて一文の得にもならん。

タイモン　値打ちはどのくらいだと思う？

アペマンタス　わざわざ考えるほどの値打ちもない。やあ、詩人。

詩人　やあ、哲学者。

アペマンタス　嘘をつけ。

詩人　あんた、哲学者だろ？

アペマンタス　そうだ。

詩人　なら嘘じゃない。

アペマンタス　お前、詩人だろ？

詩人　そうだ。

アペマンタス　なら嘘つきだ。この前のお前の詩を見てみろ、あの男を価値ある人物だと書いた。捏造《ねつぞう》だ。

詩人　捏造じゃない、書いたとおりの人物だ。

アペマンタス　そうだな、お前にとっちゃ価値があるんだ、お前の努力の結晶に金を払ってくれるからな。おべっか使われるのが好きなやつは、おべっか使いにとっちゃ価値がある。あーあ、俺も貴族だったらな！

タイモン　貴族だったらどうする気だ、アペマンタス？
アペマンタス　いまアペマンタスがしていることをする、心の底から貴族を憎む。
タイモン　何、自分を？
アペマンタス　うん。
タイモン　なぜ？
アペマンタス　貴族になってしまえば、なろうという怒りに燃える知恵がなくなるから。お前は商人だな？
商人　そうだ、アペマンタス。
アペマンタス　商売で身を滅ぼしやがれ、神々が滅ぼさないなら。
商人　商売で滅びるなら、それは神々の思し召しだ。
アペマンタス　貴様の神は商売だろ、その神が貴様を滅ぼすんだ。

トランペットの吹奏。使者登場。

タイモン　何だ、あのラッパは？
使者　アルシバイアディーズ*様と騎馬二十頭からなる騎兵隊が、

＊ Alcibiades　アルキビアデス（四五〇頃～四〇四B.C.）、ソクラテスの弟子。プルタルコス『英雄伝』（上）七番目に登場。だが歴史上のアルキビアデスと『タイモン』に出てくるアルシバイアディーズ（＝アルキビデアス）にはほとんど共通項はない。

そろってご到着です。

タイモン　丁重にお迎えし、ここへご案内しろ。（従者二人退場）

一緒に食事をしてもらうぞ。[*1] まだ帰らないでくれ、ちゃんとお礼をするまで。食事がすんだら作品を見せてくれ。諸君に会えて本当に嬉しい。

アルシバイアディーズとその一行登場。

よく来てくださった。

アペマンタス　（傍白）そうら、見ろ！[*2] 貴様ら、痛みにとっつかれてそのしなやかな関節も縮んで干からびちまえ！　ゴロツキどもめ、ぺこぺこし合い甘ったるいおべんちゃらを言い合うくせに、愛情のかけらもありゃしない。人類は猿やヒヒに成り下がったな。

アルシバイアディーズ　こうしてご尊顔を拝し、お目にかかりたいという

＊1
ここも、どの言葉を誰にかけるかは演出しだい。作品（this piece）を、絵ととればShow me this piece. は画家に言っており、詩ととれば詩人に言っている。

＊2
Fではこの台詞は散文扱いで、本訳の底本アーデン・シェイクスピア第三シリーズ（以下アーデン3）もそれを踏襲。オックスフォード版など韻文扱いするモダンテクストもある。

一途な思いが叶えられました、飢えた者が食べ物にありついたように。
タイモン　いやあ、ようこそ！　別れの時が来るまでゆっくりしていただき、様々な楽しみを共にしよう。どうかご一緒に奥へ。

（アペマンタスを残し一同退場）

貴族二人登場。

貴族1　いま何時だ、アペマンタス？
アペマンタス　正直になる時刻。
貴族1　それならいつでもそうだ。
アペマンタス　あんた呪われてるよ、いつでもその時をつかみ損なうんだから。
貴族2　お前もタイモンの宴会に出るつもりか？
アペマンタス　うん、ゴロツキどもがたらふく食い、馬鹿どもがワインで酔っ払うのを見るために。

貴族2　ご機嫌よう、ご機嫌よう。

アペマンタス　馬鹿だねあんた、俺に二度もご機嫌ようと言うなんて。

貴族2　なぜだ、アペマンタス？

アペマンタス　一つは自分のためにとっときゃよかったんだ、こっちはご機嫌ようと言ってやる気はないんだから。

貴族1　くたばりやがれ！

アペマンタス　断る、何であれあんたの指図でやるのはご免だ——くたばって欲しけりゃそこのあんたの友達に頼むんだな。

貴族2　失せろ、犬、すぐ噛み付いてきやがる、蹴っ飛ばして叩きだすぞ。

アペマンタス　犬らしく逃げるよ、お馬鹿なロバに蹴られないうちに。（退場）

貴族1　あいつは人類全体を敵視している。
　さあ、向こうでタイモン卿の気前の良さを味わおうか。
　あの人の親切ときたら親切の化身以上だ。

貴族2　見境なくばら撒いて、富の神プルートス*も

＊ Plutus, the god of gold　ギリシャ神話のデメテル（大地の女神）とイアシオン（ゼウスとアトラスの娘エレクトラとの息子）の間に生まれた。「富」を意味する名を持つプルートスは、肥沃な野がもたらす豊かさを保護した。しばしば豊穣の角を手にした裸の少年の姿で描かれる。その名を冠したアリストファネスの喜劇では老人として登場（邦題は『福の神』）。

せいぜいあの人の執事といったところだ。何かを受け取れば
必ず七倍にして返す、どんな贈り物が来ても
必ず並外れた利息をつけて贈り主に
返礼するのだ。
貴族1　あれほど気高い心の持ち主には
会ったことがない。
貴族2　いつまでもお幸せであってほしい。参りましょうか？
貴族1　ご一緒に。　（二人退場）

第二場　タイモンの邸宅の宴会場

*オーボエの高らかな吹奏。大宴会の用意がなされ、フレヴィアスその他の召使いが控えている。やがてタイモン卿、元老院議員たち、アテネの貴族たち、アルシバイアディーズ、タイモン

* このト書きはFにあるとおり。オーボエは通常高位にある人物が登場する時に演奏される。従ってここではやや場違い。

によって出獄できたヴェンティディアスらが登場。次いで一同
より遅れてアペマンタスが例によって不機嫌な顔つきで登場。

ヴェンティディアス　畏れ多いタイモン卿、
神々は私の父の老齢を思い起こされ、
父を永遠の安息へとお召しになりました。
父は幸せに世を去り、富を残して私を豊かにしてくれたのです。
そこで、閣下の寛《ひろ》いお心に謝意を表《ひょう》したく、
拝借した例の金に感謝と敬意を加えてお返しいたします、
閣下のご助力のおかげでこうして
自由の身になったのですから。

タイモン　いや、やめてくれ、
誠実なヴェンティディアス、あなたは私の愛を誤解している。
あれは気前よく差し上げたのだ、お返しいただいては
差し上げたことにならない。
お偉方[*1]なら貸し借りごっこをするだろう、だとしても
我々まで真似することはない。[*2]金持ちの罪は罪ならずと言うが

＊1
our betters　金貸し業もする元老院議員を指すとも考えられる。

＊2
Faults that are rich are fair.　直訳すれば「富める罪はきれい、公明正大」。Rich men have no faults.（金持ちに罪はない）という諺がある。

ね。
ヴェンティディアス なんと気高いお心！
タイモン いや、諸卿、[*1]
そもそも儀礼というものが考案されたのは
熱意に欠ける行為や気のない歓迎、善意の撤回などを
きれいに飾るためだ、そういう内実がバレないうちにな。
だがまことの友情があるところでは、儀礼は無用。
どうかご着席を、私の富で諸君をもてなす喜びは
私が富み栄える喜びよりはるかに大きい。
貴族１ 閣下、我々は常におっしゃるとおりだと認めています。
アペマンタス へえ、認める？ 罪を認めたのに首くくられな[*2]
かったのか？
タイモン やあ、アペマンタス、よく来てくれた。
アペマンタス いや、
よく来たとは言わせない――
あんたは俺を叩き出す、そうさせるために俺は来たんだ。
タイモン いい加減にしろ、がさつな奴だ、君の気質は

＊1
Nay my lords 諸卿(lords) と複数になっているのは、周りに集まった貴族たちがヴェンティディアスに同意の声を上げたからか。また、ここでタイモンが儀礼 (ceremony) のことを話し出すのが唐突なので、周囲の賓客がヴェンティディアスの褒め言葉に合わせて儀礼的な態度を取るという解釈や演出がある。
＊2
貴族1がWe always have confessed it. と言ったのを受けて Hanged it, have you not? と嫌味を言う。Confess and be hanged. (自白して首くくられろ) という諺を踏まえている。

人間にふさわしくない。実にけしからん。
諸卿、「[*1]イーラ・フロル・ブレヴィス・エスト　怒りは短い狂気」と言うが、
その男は年中怒りまくっている。
おい、そいつは一人だけ別のテーブルに着かせろ。
何しろ人と同席するのを嫌がるし、
人との同席がまるで似合わないからな。

アペマンタス　あんたが危ない目に遭うのに知らん顔しちゃいられない、
タイモン、俺は観察しに来たんだ、そう警告しておく。

タイモン　お前など気にするものか、お前もアテネ人だから、よく来たと言ってやるのだ。私自身にはお前を黙らせる力はないが、
私の出す食い物で口をふさいでいてくれ。

アペマンタス　あんたの食い物なんざご免だね、おべっか使いどもに出されるものなんか食った日にゃ、この喉が詰まる。ああ、
神々よ、なんて大勢のやつらがタイモンを食ってるんだ、なのに
本人には見えてない！　辛くて見てられない、[*2]こんなに大勢が寄

＊1　原文はラテン語、*ira furor brevis est*　英訳は Anger is a brief madnesss.　出典はホラティウスの『書簡集1』。

＊2　It grieves me to see so many dip their meat in one man's blood.　新約聖書「マタイによる福音書」第二六章第二三節「He that dippeth his hand with me in the dish, the same shall betray me.（わたしと一緒に同じ鉢に手を入れ（＝ひたし）ている者がわたしを裏切ろうとしている）」を踏まえているとされる。最後の晩餐時のイエスの言葉である。

ってたかって一人の男の生き血に肉をひたして食っている。狂ってる、いちばんの狂気の沙汰は、ご本人がそれに声援を送ってることだ。

人が人をこうまで信用するかねえ、人を招待する時は、ナイフ*はご持参なさらずにと言うべきだ、そうすりゃ出す肉が少なくてすむし、命も安全だ。その例ならいくらでもある。あの男の隣りでパンを分け合い、健康を祝してと言いながらひとつ杯で飲んでるやつがいるが、あいつこそ真っ先にあの男を殺しかねない――証拠は上がっている。仮に俺がお偉方だとしたら、宴会では恐くて酒なんか飲めないね、ぐいっと酒をあおれば喉笛《のどぶえ》がどこかが分かって危ないじゃないか。

お偉方は鋼《はがね》の喉当てをつけて飲むべきだ。

タイモン　閣下、心をこめて、健康を祝して杯を回しましょう。

貴族2　お流れをこちらへ、閣下。

アペマンタス　お流れをこちらへ？　あっぱれなやつだ！　潮時を心得てやがる。そうやって健康を祝してるうちに、あんたもあ

＊　シェイクスピアの時代の宴会では、客は自分用のナイフを持参するのが習慣だった。フォークは十七世紀半ばまではイタリアでしか使われていなかったという。

んたの地位財産も病気になるぜ、タイモン。
さあこいつで乾杯だ、こいつは弱すぎて罪なんか犯せない、
澄んだ水は正直者だ、こいつは人を泥沼に引きずり込みはしない。
この水と俺の食い物は同等だ、両者に違いがあるもんか、
宴会の客どもは傲慢すぎる、神に感謝する資格があるもんか。

アペマンタスの食前の祈り

不滅の神々よ、私は富を求めません、
自分のためにのみ祈り、人のためには祈りません。
私が信じやすい愚か者になりませんよう、
誓ったから契約したからといって人を信じませんよう、
あるいは泣いているからといって淫売を、
あるいは一見眠っているからといって犬を、
あるいは私の自由を委《ゆだ》ねたからといって牢番を、
あるいは必要だからといって友人を、

信じませんよう。アーメン。さていただこうか、
金持ちは罪を、俺は根っこを食うとするか。

これでお前の善良な心に大いに善が施されるといいな、アペマンタス。

タイモン アルシバイアディーズ隊長、あなたの心はいまも戦場にあるのだな。

アルシバイアディーズ 私の心は常に閣下にお仕えする備えをしております。

タイモン だが友人たちと食事するより、敵を朝飯《あさめし》がわりにしていたいのだろう。

アルシバイアディーズ その敵が鮮血を流していれば、閣下、それにまさるご馳走はありません。そういう宴会には是非とも親友を招待したい。

アペマンタス そこにいるごますりどもがみんなお前の敵ならいいのにな、そうすりゃお前が皆殺しにして、俺のご馳走にしてもらえる。

貴族1　閣下への敬愛の試金石として、我々が何かご用命いただく幸せに恵まれ、それによって献身的な愛の一端なりとお見せできるなら、我々にとって何よりの満足でございます。

タイモン　ああ、良き友人たちよ、いずれ神々の思し召しにより、私が諸君に助けを求める時がきっと来る――でなければ、どうして諸君を私の友と言えるだろう？　諸君が私の心の中心にいないなら、何千という人々を差し置いてなぜ諸君だけを友人という愛に満ちた名で呼ぶのだろう？　諸君がご自分のことを謙遜しておっしゃっても、私は諸君の真価はそれを上回っていると常々自分に言い聞かせてきた。私はそこまで諸君を信頼しているのだ。ああ、神々よ、我々が友人の助けを必要としないなら、友人を持つ必要がどこにある？　友人になんの用もないとしたら、友人はこの世で一番の無用の長物《ちょうぶつ》だ、妙《たえ》なる音を奏でることなくケースにしまわれたままの楽器のようなもの。いやあ、私は自分がもっと貧乏ならよかったと何度思ったことか、そうすれば諸君にもっと近づけるからね。我々は善を行うために生まれてきた。友人という富以上に、我々が自分のものと呼ぶにふさわしい良きものがあるだろうか？　ああ、こんなに多くの者が兄弟のようにお互いの財産を自由に使うというのは、何と貴重な慰めだろう。ああ、喜びが生まれたか生まれぬうちに消されそうだ――私の目は涙を抑えられぬらしい。目の落ち度を忘れるために諸君に祝杯をあげよう。

アペマンタス　あんたは、やつらに飲ませるために泣くのか、タイモン。

貴族2　喜びは我々の目にも同じように宿り、その途端に赤ん坊が生まれるように飛び出しました。

アペマンタス　へええ、その赤ん坊が私生児だと思うと笑えてくる。

貴族3　本当です、閣下、ただいまのお言葉、大いに感動しました。

アペマンタス　大いに。

ラッパの吹奏。

＊1　シェイクスピア時代の習慣

タイモン　何だ、あのラッパは？

召使い登場。

どうした？

召使い　畏れながら、ご婦人方が是非お目通り願いたいと。

タイモン　ご婦人方？　用はなんだ？

召使い　ご用向きをお伝えするためにとまず先触れ役がお見えです。

タイモン　お通ししてくれ。（召使い退場）

*1キューピッド登場。

キューピッド　万歳、タイモン卿、並びにその恩恵を満喫せし者たち！　人間の最良の五感は*2汝《なんじ》を庇護者と崇め、汝の恵み豊かなる胸に敬意を表《ひょう》す。

では、仮面舞踏会などに出席する場合、大抵は目隠ししたキューピッドの扮装をした者を先ぶれに立て、招待側の主人に挨拶の口上を言わせた。『ロミオとジュリエット』一幕四場の冒頭参照（ちくま文庫版四二頁）。

＊2　The five best senses acknowledge thee their patron.　通常thou（thy thee thine）という二人称単数代名詞はyou（your you yours）を使う対象よりも身分が下だったり親密だったりする（従者・臣下や夫婦・恋人など）が、この場合はキューピッドという人間を超えた神格に扮した者が言うので、これを使っていると思われる。ここの「万歳」もHail to you!ではなくHail to thee!

すでに味覚、触覚などすべての感覚は食卓上の醍醐味《だいごみ》を享受した、

タイモン　大歓迎だ、皆さんを丁重にお通ししろ。

我ら[*1]はいまや汝の目のみを楽しませんものとまかり来たり。

さあ、音楽でお迎えするのだ。

貴族1　どうです、閣下の人気は大変なものですな。

音楽。アマゾン[*2]に扮した仮面の女性たちがリュートを持って登場し、踊りながら演奏する。

アペマンタス　やれやれ、

虚栄の衣擦《きぬず》れがさっとばかりに寄せてくる。

ダンスだと？　この女どもは狂ってる。

ダンス同様狂ってるのはこの世の栄耀栄華だ、

あの豪勢な料理がその証拠、わずかな油と根菜で十分なのに。

人間おのれを道化にして遊びたわむれ、ああいう連中に

「健康を祝して乾杯」などとごまをする、

＊1　原文ではThey つまりこれから登場する女性たちを指しているが、文脈を考えて「我ら」と訳した。

＊2　Amazons　ギリシャ神話に登場する女性のみの部族。戦闘と狩猟を好み、弓を引きやすいように右の乳房を切り落としたのでアマゾン（乳なし）と呼ばれたという。

だが連中が老いぼれると、飲んだ酒をオエッと戻す、
毒のこもったうらみつらみと一緒に。
悪口を言われず言いもせずに生きてるやつがいるか?
友達から足蹴にされた傷を墓まで持っていかずに
死ぬやつがいるか？　俺がタイモンだとしたら不安だな、
いま俺の目の前で踊ってるやつらが、そのうちいつか
俺を踏みつけにするんじゃないかって。よくある話だ。
沈む太陽にはドアを閉めるもんだ。

貴族たちはテーブルから立ち上がり、うやうやしくタイモンに敬礼し、親愛の情を示すために、めいめい一人ずつアマゾンを選び出し、揃って踊りはじめる。オーボエに合わせ、格調高い調べが一、二曲演奏されて終わる。

タイモン　美しいご婦人方、この宴《うたげ》に花を添えてくださったな、
お陰で華やかで魅力たっぷりのもてなしになった、
これがなければ美しさも優雅さも半減しただろう。

皆さんにはいわば貴重な光沢を加えていただき、この余興を思いついた私自身も楽しませてもらいました、厚くお礼を申し上げよう。

女性1　あなた様は私たちのいちばん良いところを摑んでくださいます。

アペマンタス　確かに、いちばん悪いところは汚くて摑めやしない。

タイモン　ご婦人方、ささやかだがデザートを用意した、よろしければあちらへどうぞ。

女性たち　ありがとうございます。（キューピッドと共に退場）

タイモン　フレヴィアス！

フレヴィアス　はい？

タイモン　あの小箱を持ってきてくれ。

フレヴィアス　かしこまりました。（傍白）また宝石か？ご気分に逆らうわけにはいかないが、でなければ、きっぱり申し上げるところだ、うん、申し上げねば。*破産なさったら、これまでの借金をご破算に願いたくなるだろ

＊ここに言葉遊びを入れたが、原文では「逆らうわけにはいかない（There is no crossing 'him' in's humour.）」の「逆らう（cross）」と、ここの「借金をご破算にする（He'd be crossed.）」のcrossで遊んでいる。後者のcrossは、借金を完済した債務者の名前を横棒線で消すという意味。

う。
あいにく気前の良さには後ろに目がない、
あれば心ゆくまで施しても落ちぶれはしない。（退場）
貴族1　従者たちはどこだ？
召使い　はいここに。
貴族2　馬だ！

フレヴィアスが小箱を持って登場。

タイモン　いや友人諸君、ひと言
申し上げたい――いかがでしょう、閣下、
あなたにはこの宝石に箔をつけていただきたい、
これをお受け取りになりご着用ねがえれば
それが叶うのです。
貴族1　私はもうすでにいろいろな贈り物を頂戴して――
一同　皆そうです。

召使い登場。

召使い　旦那様、元老院の方々がいまお着きになり、お目にかかりたいと。

タイモン　丁重にお迎えしろ。　　　　　　　　（召使い退場）

フレヴィアス　畏れながら旦那様、ひと言お聞き願いたいのですが――旦那様ご自身に深く関わることで。

タイモン　私自身に深く？　何だ、それならあとで聞こう。それより新たな客をもてなす用意をさせてくれ。

フレヴィアス　（傍白）どうもてなせばいいのだ。

別の召使い登場。

召使い2　申し上げます、ルーシアス卿が、あふれんばかりの愛の印として、銀の馬具をつけた純白の馬四頭を贈ってよこされました。

タイモン　喜んでお受けしよう。その贈り物は大切に世話するのだぞ。

（召使い2退場）

第三の召使い登場。

どうした、何かあったのか？

召使い3　申し上げます、旦那様、あの誉れ高い紳士ルーカラス卿のお使いがお見えになり、明日の狩猟にご同行願いたいとのご伝言と共に、グレイハウンド二番《ふたつがい》をお届けになりました。

タイモン　ご一緒に狩りに行こう。猟犬はありがたく頂戴し、十二分にお礼をしよう。

（召使い3退場）

フレヴィアス　（傍白）この先どうなるのだろう？莫大な贈り物を用意しろ、お届けしろとお命じになるが、金庫は空っぽだ。ご自分の財布の中身を知ろうともなさらず、実情をお知らせする機会を与えてもくださらない。

お望みを叶えようにも全く財力がないのだから、
善意のお気持ちも乞食同然、それが実情だ。
財政状態にはお構いなしに次々と約束なさるので、
おっしゃるひと言ひと言がすべて借金になる。
兎に角ご親切が過ぎるから、その親切心の
利息まで払っておいでだ。
土地はぜんぶ抵当に入っている。
ああ、*いっそやんわりと馘《くび》にしてほしい、
ご主人の破産のせいで叩き出される前に。
養う友などないほうがいい、敵以上にひどい友を
養うよりずっと幸せだ。

タイモン それはご自分にひどいおっしゃりようだ、
ご自分の真価を貶《おとし》めていらっしゃる。
どうぞ、閣下、ささやかだがお互いの友情の印です。

貴族2 並々ならぬ感謝をこめて頂戴します。

貴族3 ああ、まさしく恩恵の化身だ。

タイモン ああ、そう言えば、閣下、先日あなたは私が乗ってい

＊ Would I were gently put out of office/ Before I were forced out! 直訳すれば「職務からそっと出されたい、無理に立ち退かせられる前に」。後者を「馘」と解釈することも可能だが、それだと普通。フレヴィアスの絶望はもっと深いと見て、アーデン3の解釈を採った。

た栗毛の馬を褒めてくださったな。差し上げましょう、お気に召したなら。

貴族3　いや、どうかそれはお許しください。

タイモン　私は本気で言っているのだ、閣下。私の知るかぎり、人間、自分が欲しいものしか褒められないものです。私は自分の気持ちと友人の気持ちを等しく重く捉えている。本当です、そのうち私も皆さんをお訪ねしよう。

貴族一同　喜んでお迎えします。

タイモン　こうして思い思いにお訪ねくださるご親切が、私には心底ありがたい。だから贈り物くらいではお礼にならないのだ。私が友人一人一人に王国を分配できたとしても決して十分とは思えないだろう。アルシバイアディーズ、君は軍人だから到底金持ちにはなれまい――君の手に入るものは何であれ慈善家の寄付だからな、君の場合、生きる糧《かて》は死者の中にあり、所有地はすべて戦場にある。

アルシバイアディーズ　そう、血まみれの土地だ。

貴族1　我々は深い恩義を受け――
タイモン　この私もそうだ。
貴族2　限りないご愛顧をたまわり――
タイモン　私も君には恩義を受けている。明かりを、もっと明かりを！
貴族1　この上ない幸福と名誉、そして幸運が常にタイモン卿と共にありますよう！*
タイモン　タイモンの友人たちにも共にありますよう。
（タイモンとアペマンタスを残して貴族一同退場）
アペマンタス　何て騒ぎだ！
ぺこぺこ頭さげたり、ケツ突き出したりして！
あのお辞儀にあんなに高い代金はらいやがって、
それだけの値打ちがあるのか。友情は澱《おり》やカスで満杯だ。
不実な心の持ち主には曲げても大丈夫な脚はないんだ。
こうして正直なバカどもは自分の富をはたいて追従《ついしょう》を買う。
タイモン　アペマンタス、お前が不機嫌にむっつりしていなければ、

＊　Ready for his friends.　前の行で挙げられた「幸福と名誉と幸運（happiness, honour, and fortunes）」が「彼の友人たちのためにも用意されているように」と祈願のお返しをしている。

私もお前によくしてやるのだが。

アペマンタス　いや、そいつは願い下げだ――俺まで買収されたら、あんたに嚙み付く者が一人もいなくなり、それだけ早くあんたは堕落って罪を犯すことになる。タイモン、あんたは長いこと人にものをやりすぎた、だから心配なんだ、あっと言う間に自分自身も約束手形にしてくれてやるんじゃないかってね。こんな宴会や派手な大盤振る舞いを見せびらかす必要がどこにある？

タイモン　おい、そうやって人付き合いそのものに嚙み付くなら、俺はお前になど洟《はな》も引っかけないぞ。さようなら、今度来るときはもっといい音色を聞かせろ。　　（退場）

アペマンタス　結構、いま俺の言うことに耳を貸さないなら、もう二度と言ってやらないよ。

あんたを救う天の音楽なんか聞かせてたまるか。

ああ、人間の耳ってやつは、忠告は聞こえないのに、

おべんちゃらは聞き取れるんだな。　　（退場）

第二幕

第一場　ある元老院議員の邸

[*1]元老院議員が書類を手にして登場。

元老院議員　で、このあいだは[*2]五千クラウン、ヴァローと
イジドーから九千、それに俺には前の分もあるから
合計二万五千。なのに相変わらず狂ったような
借金の洪水だ。あれじゃあ保《も》ちっこない、保つものか。
俺が金に困ったら、[*3]盲乞食の犬を盗んで
タイモンに進呈すればいい、犬が金貨に化けてくれる。
馬一頭売ってもっといいのを二十頭買いたきゃ、

＊1　言うまでもなくこの元老院議員は金貸し業もしている。

＊2　原文には five thousand などとあるだけで貨幣の単位が何かは書かれていない。おそらく crown だろうというのが通説。イングランドの銀貨一クラウンは五シリング。外国ではクラウンは金貨の単位。ちなみに『お気に召すまま』のオーランドーに父が遺したのは一千クラウン。

＊3　a beggar's dog　盲目の乞食の先導をするための盲導犬。

その一頭をタイモンに贈ればいい——
ただでくれてやりゃ、そいつがたちまち仔馬を生んでくれる、
しかも出来のいいのを何頭も。あの男の邸じゃ、門番は
通行人と見ればニコニコ笑いかけ、誰彼《だれかれ》かまわず中に通す。
あれじゃあ保ちっこない。理性のある者なら誰だって、
タイモンの懐《ふところ》ぐあいを正確に測り、安全だとは言わないはずだ。
ケイフィス、おい、ケイフィス、聞こえないのか！

ケイフィス登場。

ケイフィス　はい、ご用でしょうか？
元老院議員　上着を羽織り、大急ぎでタイモン卿のところへ行って
金の催促をしてこい。ぞんざいに断られても
ひるむな、それに「ご主人によろしく」などと言われ、
こんなふうに右手で帽子を脱ごうとされても黙って
引っ込むんじゃない、こう言ってやれ、

どうしてもあの金が必要だ、こっちも自分の金で
支払いをしなきゃならん、返済期限はとうに切れており、
期日までに返してくれるものと当てにしていた私の
信用も台無しだ、とな。私は彼を愛し敬《うやま》っている、
だが彼の指の治療のために私の背骨を折るわけにはいかん。
うちも逼迫《ひっぱく》しているのだ、空《から》約束が投げ返されても
肩の荷は下りない、いますぐ
現金が必要なのだ。さあ、行け、
しつこく迫るんだ、何が何でも返してもらう
という顔をしろ。今は*1不死鳥のように
きらびやかなタイモン卿だが、その羽根がすべて抜け落ち
元の鳥の翼に戻れば*2丸裸のアホウドリの雛《ひな》
といったところだからな。さあ、行け。

ケイフィス　行ってまいります、旦那様。

元老院議員　*3行ってまいります?
まずこの証文だ、持ってゆけ、
書いてある支払い期限を確かめろよ、さあ。

*1
phoenix　アラビアの砂漠で五百年から六百年生き、積み上げた焚き火に包まれて死に、その灰から新たに生まれるとされた伝説の鳥。まばゆく輝く羽根を持つという。

*2
gull　「羽毛も生えそろわない雛」と「騙されやすい者、カモ」の意がある。

*3
Fでは元老院議員がケイフィスの言葉をI go sir?と疑問形で繰り返す。証文を持たずに行きかけたケイフィスをからかいつつ咎めるわけだ。これを踏襲しているのはオックスフォード版、フォルジャーライブラリー版、ニュー・ペンギン版。アーデン3とノートン版はカット。アーデン第二版は

ケイフィス　かしこまりました。

元老院議員　行け。

（二人退場）

Ay. go, sir! と、リヴァーサイド版とニュー・ケンブリッジ版は Ay, go, sir; （「そうだ、行け、この野郎」）と校訂。本訳ではFを採った。

第二場　タイモンの邸

フレヴィアスが何枚もの請求書を手にして登場。

フレヴィアス　気にしない、止《や》めない、出費にはまるで無頓着で、どうやって今の暮らしを維持するか考えようとせず、飲めや歌えの馬鹿騒ぎをよそうともなさらない。次々とご自分の物が消えていっても意に介さず、このままだとどうなるかご案じにもならない。あれほど親切であれほど愚かなことをする人間は前代未聞だ。
どうすればいい？　痛い目にお遭いになるまで聞こうとも
なさるまい。狩りからお戻りになったらずばりと申し上げねば。
ああ、いやだ、いやだ、いやだ。　（脇へ寄る）*

*アーデン3のト書き。

ケイフィス、イジドーの召使い、ヴァローの召使い登場。

ケイフィス　やあ、ヴァローさんのご家来。え、お宅も金のことですか？
ヴァローの召使い　あなたの用も同じでしょう？
ケイフィス　そうだ、あなたもですね、イジドーさんの。
イジドーの召使い　そうです。
ケイフィス　みんな揃って払ってもらえるといいんですがね。
ヴァローの召使い　さあどうだか。
ケイフィス　ああ、お帰りだ。

タイモンとその一行がアルシバイアディーズと共に登場。

タイモン　アルシバイアディーズ、食事がすみ次第*
また狩りに出よう。──私に？　何の用だ？

ケイフィス　タイモン閣下、これはあなた様の借用証書です。

タイモン　借用？　お前、どこから来た？

ケイフィス　アテネからです。

タイモン　執事のところへ行け。

ケイフィス　畏れながら、あの方はここひと月
来る日も来る日も私を避けています。
私の主人は、お貸しした金をご返済いただかねばならぬ
差し迫った状況にあり、あなた様の
気高いお人柄のままに、当然お返しいただくべきものを
お渡しいただきたいと伏して願っております。

タイモン　正直な友よ、
すまないが明朝また来てくれないか。

ケイフィス　ですが、閣下──

タイモン　まあ、落ち着いてくれ、友よ。

* So soon as dinner's done,：当時の dinner（正餐）は昼食だった。

ヴァローの召使い　ヴァローの使用人でございます、タイモン様
——
イジドーの召使い　イジドーの使いで、
主人は速やかにご返済いただきたいと申して——
ケイフィス　閣下、主人がどんなに困窮しているかお分かりなら
——
ヴァローの召使い　差し押さえの期日はもう六週間前に過ぎて
——
イジドーの召使い　執事のかたは私を避けてばかりなので、
閣下に直接お話しするよう主人に申しつかり——
タイモン　息をつかせてくれ。
諸君はどうぞお先に。
私もすぐ参ります。
（貴族の一行とアルシバイアディーズ退場）
（フレヴィアスに）ここへ来い。なあ、
一体どういうことだ、なぜ私に向かってこんなにやかましく
言い募《つの》るのだ、証文の期限が切れただの、

借金の返済が長く滞《とどこお》っているだの、
私の名誉を傷つける気か？
フレヴィアス　（召使いたちに）皆さん、
今その話を持ち出されてはまずい。
催促はお食事がすむまで待ってくれ、その間に、
なぜ返済が遅れているかをご理解いただけるよう
私からにタイモン様にお話しします。
タイモン　そうしてくれ、諸君。　（退場）
皆さんをちゃんともてなすように。
フレヴィアス　どうぞこちらへ。　（退場）

アペマンタスと道化登場。*

ケイフィス　待て、待て、道化がアペマンタスと一緒に来た、ちょっとからかってやるか。
ヴァローの召使い　あの野郎、俺たちをくそみそにけなすぞ。
イシドーの召使い　くたばりやがれ――犬！

＊召使い三人がフレヴィアスに付いて行こうとしたところへアペマンタスと道化が入ってきたので、三人は気を変えて二人の相手をする。ここから六二頁の二人の退場までは後からの挿入だとする説がある。

ヴァローの召使い　どうだい、阿呆？
アペマンタス　お前、自分の影と話すのか？
ヴァローの召使い　俺はあんたに話してやしない。
アペマンタス　そうとも、お前自身に話してるんだ。（道化に）行くぞ。
イジドーの召使い　（ヴァローの召使いに）*あんたの背中にゃもう阿呆がくっついてるぞ。
アペマンタス　いや、ほんとの阿呆のお前さんは一人で立ってるから、あいつにくっついちゃいない。
ケイフィス　いま阿呆はどこだ？
アペマンタス　と阿呆が訊いてるよ。惨めなごろつきといえば金貸しの下男、金と貧乏を取り持つポン引きだ。
召使い一同　俺たちが何だって、アペマンタス？
アペマンタス　とんまなロバ。
召使い一同　どうして？
アペマンタス　いま自分たちが何かと訊いただろ、自分が何か分からんやつはとんまなロバさ。お前も何か言ってやれ、阿呆。

* There's the fool hangs on your back already.「背中に《阿呆》のレッテルが貼ってある」「後ろにぴたりとくっつくように阿呆が立っている（同性愛のイメージも）」という意味が重なっている。これがアペマンタスに向かって言われたとすれば、二人の位置関係を言っていることになる。

道化　ご機嫌いかがです、紳士の皆さん？
召使い一同　ありがとよ、阿呆、いいやつだな。お前んとこの女将《おかみ》はどうしてる？
道化　[*1]あんた方みたいなヒヨッコを湯がいて羽根むしって丸裸にするために、お湯を沸かしてるよ。湯気で蒸せば悪い病気の治療にもなる。[*2]皆さんにはうちの店においで願いたいね。
アペマンタス　よく言ってくれた、ありがとよ。

　小姓登場。

道化　ほら、うちの女将《おかみ》さんの小姓が来た。
小姓　（道化に）やあ、どうしたの、大将、お利口さんたちにまじって何してるんですか？　[*3]どうだい調子は、アペマンタス？
アペマンタス　俺の舌が鞭だったら、ビシッと返事をしてお前を躾《しつ》けてやるんだがな。
小姓　ねえ、アペマンタス、この手紙の宛名を読んでよ。どっちがどっちか分からないんだ。

＊1
She's e'en setting on water to scald such chickens as you are. 直訳すれば「彼女は今あなた方のようなヒヨコを茹でるために湯を沸かしている」、scald は「湯がく、煮沸する」の意で、鶏の羽根をむしりやすくするためのプロセスだが、裏の意味は「梅毒の治療のために蒸し風呂で発汗させる」。

＊2
Would we could see you at Corinth. 「コリントで会いたいものだ」。古代の港湾都市コリントは売春が盛んなことで悪名高かった。転じて「売春宿」の謂い。

＊3
How dost thou, Apemantus? 小姓は道化に対する二人称単数代名詞は丁寧な

アペマンタス　字が読めないのか？

小姓　うん。

アペマンタス　じゃあお前が縛り首になっても学問は死なないな。これはタイモン卿宛て、これはアルシバイアディーズ宛て。行け、お前は私生児として生まれ、女郎屋の亭主として死ぬだろう。

小姓　あんたは子犬として生まれ、野良犬として飢え死にするだろう。*返事はいらないよ、あばよ。　（退場）

アペマンタス　そうやって先走ると俺の説教も神の恩寵も置いてけぼりだぞ。阿呆、一緒にタイモン卿のところへ行くか。

道化　で、俺をそこに置いてあんたはおさらばか？

アペマンタス　タイモンが居るなら他に阿呆は居ない。——お前たちは金貸しの使用人だな？

召使い一同　はい、金貸しが使用人だといいんですが。

アペマンタス　同感だ——面白い、首締め役人が泥棒に使われるみたいなもんだ。

道化　あんた方は三人とも金貸しの下男かい？

召使い一同　そうだよ。

you（your you）だがアペマンタスに対してはもっと馴れ馴れしい thou（thy thou）を使っている。

＊　Thou shalt famish a dog's death.（お前は飢えて犬のように死ぬ）To die a dog's death（恥ずべき悲惨な死に方をする）という成句を踏まえている。

（六一頁）

＊1　金を使い、病気をもらうか

道化　金貸しはみんな下男を抱えてるみたいだな。うちの女将《おかみ》さんもそうだ、俺は女将さんお抱えの阿呆だ。あんた方の主人に金を借りる連中は、陰気な顔でやってきて陽気な顔で帰ってく。だがな、うちの女将さんの店には陽気な顔で入ってきて、[*1]陰気な顔で帰ってく。その訳は？

ヴァローの召使い　分かるさ、それくらい。

道化　じゃあ言ってみな、そうすりゃあんたが色事師の悪党だと認めてやるよ。言えなくても同じことだけどね。

ヴァローの召使い　色事師って何だ、阿呆？

道化　いい服着てる阿呆だよ、つまりあんたみたいなやつ。[*2]精霊っていうか精液だな、ある時は貴族、ある時は弁護士、ある時は哲学者の姿で現れる。[*3]哲学者の石っていう人工の玉のほかに玉を二個ぶら下げてるんだ。勲爵士になって現れる場合も非常に多い。要するに十三から八十までのあらゆるタイプの男になって[*4]行ったり来たり立ったり坐ったり、そういう精霊なんだ。

ヴァローの召使い　お前さん、まるっきりの阿呆じゃないな。

道化　あんたもまるっきりの利口者じゃないね。俺がたっぷり阿

ら？

*2
'Tis a spirit.　ここでのspiritの表の意味は「精霊」だが、裏の意味はsemen（精液）。道化の台詞には全体に裏があるので、ここではあえてパラフレーズした。

*3
...with two stones more than's artificial one.　ここで「人工の石」とあるのが「哲学者の石（the philosopher's stone）」。錬金術で卑金属を黄金に変えるとされた。また、stoneは文脈によって睾丸のこと。

*4
...that man goes up and down...　このup and downにも、セックスの時の上下運動、ペニスの立つしぼむという性的な意味がある。

呆っぷり発揮してるのと同じくらい、あんたには利口っぷりが欠けてるからな。

アペマンタス　今のはアペマンタスの口から出てもいいくらい上出来のお返事だ。

召使い一同　さがれ、さがれ、タイモン卿のおでましだ。

タイモンとフレヴィアス登場。

アペマンタス　一緒に来い、阿呆、さあ。

道化　阿呆がいつもお供するのは*恋する男や長男や女とは限らない、たまには哲学者のお供もするんだ。（アペマンタスと共に退場）

フレヴィアス　済まないがその辺にいてください、すぐお相手します。

（召使いたち退場）

タイモン　呆れてものも言えん、なぜもっと早く
私の財政状態を包み隠さず言わなかったのだ、
そうすれば私も自分の財力に応じた

＊
...lover, elder brother and woman, ...　この三者は愚かな振る舞いをする代表とされた。It is impossible to love and be wise.（恋し、かつ賢明であるのは不可能）という諺がある。The younger brother has the more wit.（弟のほうがもっと知恵がある）という諺は、日本の「惣領の甚六」に通じる。また、Because is woman's reason.（「だって」は女の持ち出す理由、あるいは、そうだからそうが女の理由）、Women have no souls.（女には魂がない）など、女の愚かさに言及する諺はあまたある！

金の使い方をしただろうに。
フレヴィアス　耳を貸そうともなさらなかった、
折を見て度々申し上げたのですが——
タイモン　ふざけるな、
多分お前は私が聞きたくないときを見計らって
話を持ち出し、そのまま尻尾を巻いたのだろう、
その時の私の聞く気の無さを口実にして
そうやって責任逃れをするのだな。
フレヴィアス　ああ、旦那様、
私は幾度となく帳簿を持ってきては
広げてお目にかけました。その都度お手で払いのけ、
収支決算はお前の正直に任せるとおっしゃった。
つまらない贈り物に莫大なお返しをするよう
お命じになったときも、私は首を横に振り、涙を流し、
ええ、ご主人に楯つくのは無礼と知りつつ、あまり気前よく
お手をお開きにならぬようお願いしたものです。
財政状態は引き潮なのに、負債は上げ潮になるばかり、

見かねた私がご意見申し上げると、何度となくひどいお叱りを受けました。大切な旦那様、今お聞きいただいても手遅れですが、今しかない、お手持ちの財産を最大限に見積もっても、返済の迫った負債の半分もさばけません。

タイモン　私の土地を全部売ればいい。

フレヴィアス　全部抵当に入っています。一部は期限が切れて人手に渡り、残りの土地も返済を催促する口をふさぐ足しにもなりません。未来は駆け足でやってきます。逼迫《ひっぱく》した状況にどう対処すべきか、また最終的に私たちの収支決算はどうなるのか？

タイモン　私の領地はスパルタまで広がっていた。

フレヴィアス　ああ、旦那様、「世界」も一つの言葉に過ぎません。仮に全世界が旦那様のものだとしても、ひと言「与える」とおっしゃれば、たちまち消えてなくなります。

タイモン　お前の言うとおりだ。

フレヴィアス　執事としての財務管理に不正があったとお思いなら、私を最も厳しい監査役の前に召喚なさり、お調べください。神々もご照覧のとおり、お邸の厨房あたりから実務室に至るまで、馬鹿騒ぎにうつつを抜かす居候《いそうろう》が押しかけ、酒蔵《さかぐら》は酔っ払いどもがこぼしたワインに泣き濡れ、部屋という部屋は煌々《こうこう》たる明かりに照らされて高歌《こうか》放吟《ほうぎん》に沸きかえっておりました、そんなとき私は栓《せん》が緩《ゆる》んで無駄にワインを垂らす酒樽のそばでじっとして、この目からも涙を流しておりました。

タイモン　頼む、もういい。

フレヴィアス　「やれやれ」と私は言いました、「旦那様の気前のよさときたら！　下司下郎どもが今夜だけでどれほどの大盤振る舞いを貪《むさぼ》ったか。タイモンの部下でない者がいるか？　タイモン卿のものでない心や頭、剣や力や金があるか？

『偉大なタイモン卿、高潔な、立派な、高貴なタイモン卿！』」

ああ、そういう褒め言葉を買う金がなくなれば、
褒め言葉を言う息も消えてなくなる。
*美食で得た友は粗食で失う。冬の雨を呼ぶ雲が浮かんだだけで
ああいうハエどもは身を隠すのです。

タイモン　なあ、もう説教はよせ。
私は不埒《ふらち》な下心があって気前よくしたことは只の一度もない
——
与え方は賢くなかった、だが決して卑しくはなかった。
なぜ泣くのだ？　まさか私に友人がいないと思うほど
判断力をなくしたのではあるまいな？　安心しろ——
私への愛を満たした友人という樽の栓を開け、
借財を申し入れてその中身を試そうとすれば
私は誰でも誰の財産でも自由に使えるだろう、
ちょうどお前に何か言えと命じるように。

フレヴィアス　お考えどおりでありますよう。

タイモン　ある意味で私のこの窮乏は勲章だ、
恵まれているとさえ思う。おかげで

＊　「美食」と音を合わせるために「粗食」と訳したが、原文は Feast-won, fast-lost. 直訳すれば「饗宴で得たものは断食であっという間に失う」で、fast には「断食、絶食、精進」と「速く、急速に」の意味が重なる。第三幕第七場の湯だけの「宴会」を予感させる。

友人たちを試せるからな。いまに分かる、
お前は私の財産を見損なっている。私には友人という富がある。
おい、フラミニアス、サーヴィリアス、居るか？

フラミニアス、サーヴィリアス、もう一人の召使い登場。

召使いたち　はい、はい、旦那様。
タイモン　それぞれ使いに出すぞ。（サーヴィリアスに）お前はルーシアス卿のところへ。（フラミニアスに）お前はルーカラス卿のところだ、あの方とは今日いっしょに狩りをした。（第三の召使いに）お前はセンプローニアスのところだ。それぞれ私からよろしくと申し上げ、この困窮のおかげで金をご用立て願う機会ができたことを誇らしく思っているとお伝えしろ。お願いする額は五十タレントだ。
フラミニアス　仰せのとおりに、旦那様。　（召使いたち退場）
フレヴィアス　（傍白）ルーシアス卿にルーカラス卿？　ふん！
タイモン　お前は元老院議員諸卿のところへ行け。

私が国家の安寧に寄与したことを考えれば、*
彼らに援助してもらって当然だ。すぐに
一千タレント届けさせるよう伝えてこい。

フレヴィアス　畏れながら私の独断で、
あの方々には旦那様のご印とお名前を使うのが
いちばん都合がよいと思い、すでにお訪ねしました。
しかしどなたも首を横にお振りになり、私は手ぶらで
戻ってきた次第で。

タイモン　ほんとうか？　まさかそんな？

フレヴィアス　皆さん声を一つにしておっしゃるのです、
いまは自分たちも引き潮だ、金がない、お役に立ちたいが
立てない、申し訳ない。実に尊敬すべき方だ、
だがまさかそんなことが——どうしたらよいものやら——
何かがまずかったのだ——立派な人物でもものの弾みで
つまずくものだ——万事うまく行けばいいが——残念だ——
などと言い、他の重大事で頭がいっぱいというフリをし、
迷惑そうな顔で訳の分からないことをとぎれとぎれに言っては、

* Go you, sir, to the senators,/ Of whom, even to the state's best health, I have/ Deserved this hearing. 解釈が二つに分かれるのがeven to the state's best health の部分で、一つは「国家の安寧(the state's best health)への私(タイモン)の貢献に鑑み」、もう一つは「国家の安寧の限界まで(つまり、国家の安寧を脅かさない程度に)」。

帽子に手をやったり冷ややかにうなずいたりするので、
私も凍りつき黙るしかありません。

タイモン　神々よ、やつらに思い知らせてくれ！
なあ、おい、明るい顔をしろ。あの老いぼれどもは
歳のせいで恩を忘れているのだ。
血は冷たく固まり、ほとんど流れなくなっている、
連中が冷淡なのは人間らしいあたたかみに欠けるせいだ。
背が曲がり土に還る日が近づくにつれ、
死出の旅支度のために身も心も重く鈍くなる。
ヴェンティディアスのところへ行け――そう落ち込むな、
お前は忠実で正直な男だ、心の底から言うが、
お前には何の罪もない。ヴェンティディアスは
先ごろ父親を埋葬し、莫大な遺産を
相続した。彼が貧しく、投獄され、
友人もほとんどなかったとき、私は五タレントの負債を
肩代わりして自由の身にしてやった。私からよろしくと言い、
友人が陥っている逼迫した状況を

ご理解いただき、例の五タレントをお返し願いたいと頼むのだ。それを受け取ったら、返済を迫ってきたあの三人に渡してやれ。友人に囲まれたタイモンの運が沈むとは

断じて言うな、思いもするな。（退場）

フレヴィアス　そう思わずにいられたらどんなにいいか。あのようなお考えが気前の良さの敵なのだ。ご自分が気前がいいので皆そうだとお思いなのだ。（退場）

第三幕

第一場　ルーカラスの邸

主人タイモンの使いのフラミニアス登場、ルーカラスに話をするために控えている。召使い登場。

召使い　お越しになったことを主人に伝えました。すぐ参ります。

フラミニアス　ありがとうございます。

ルーカラス登場。

召使い　参りました。

ルーカラス （傍白）タイモン卿の召使いか？　きっと贈り物だな。うん、間違いない。ゆうべ銀の水盤と水差しの夢を見た。*
——フラミニアス、誠実なフラミニアス、本当によく来てくれた。
（召使いに）ワインを注いでくれ。

（召使い退場）

ところでアテネ一誉れ高く、完璧で闊達《かったつ》な紳士、非常に気前の良いお前のご主人はいかがお過ごしかな？

フラミニアス 達者にしております。

ルーカラス お達者とは何よりだ。ところでそのマントの下に何を持っているのかな、フラミニアス？

フラミニアス はい、ただの空箱《からばこ》です。主人になりかわり、これをいっぱいにしてくださるようお願いにあがりました——主人は喫緊《きっきん》の事情に迫られ、五十タレントが必要になり、あなた様にご用立て願えば間違いなくただちにご援助いただけると申しまして。

ルーカラス ラ、ラ、ラ、ラ！「間違いなくただちに」、そう言ったのか？　ああ、あれはいい方だ、立派な紳士だ、あんな豪勢なもてなしさえしなければなあ。私は幾度も一緒に食事をし、そ

＊ フラミニアスが上着に隠して持っているものを見て、こう言う。

のことを言ったのだ。もっと倹約しろと忠告するつもりでわざわざ出直して夕食にも付き合った。だが彼は耳を貸そうとせず、私が出かけていってもそれを警告とみなさなかった――誰にでも欠点はある、あの人の欠点は気前がよすぎることだ。だから言ったのになあ、どうしても説得できなかった。

召使いがワインを持って登場。

召使い　旦那様、ワインをお持ちしました。

ルーカラス　フラミニアス、お前は思慮深い男だ、私は常々そう思ってきた。お前のために乾杯！

フラミニアス　身にあまるお言葉です。

ルーカラス　お前は気さくで機転の利く男だ、私は常々目に留めてきたんだよ。いや、お世辞と取るな、お前は道理をわきまえている、運が向いてくればそれを巧みに利用できる男だ。*お前の能力に！（召使いに）おい、さがっていろ。

＊ Good parts in thee！ 五行前の「お前のために乾杯！」と同じく乾杯しながら言うと思われる。

（召使い退場）

もっとこっちへ来い、誠実なフラミニアス。お前の主人は気前のいい紳士だ、だが思慮深いお前にはよく分かっているな、せっかく来てくれたが、いまは金を貸すときではない、特にただの友情以外なんの担保もない場合は。ほんの三ソリダーレ*1だが、取っとけ。いいやつだ、これで目をつぶり、私には会わなかったと言え。さよなら。

フラミニアス ありえない、世界がこんなに変わってしまうのか、そこに住む俺たちが生きているうちに？ くそっ、こんな下劣なもの、

有り難がるやつのとこへ飛んでいけ！ （硬貨を投げ返す）

ルーカラス はっ？ なるほど

お前馬鹿か、雇い主といい勝負だな。 （退場）

フラミニアス その金《かね》は地獄でお前を焼き焦がす足しになれ！

*2と熔かした金《かね》で喉を焼かれるのがお前の天罰だ、

お前は友達に取り付く病毒だ、友達なんかじゃない。

友情にはこんなにひ弱で頼りない心しかないのか、

＊1
Here's three solidares for thee. おそらく「シリング」に当たる「ソリダーレ」という単位はシェイクスピアの創作という説もあるが、コンスタンティヌス帝時代の金貨 solidus aureus は中世に流通したという。またこれに類する呼称の貨幣（solidus や solidarius）もあったという。

＊2
Let molten coin be thy damnation. 罪人が地獄に堕ちると生前の罪に応じた永劫の罰を受けるのだが、高利貸しに代表される欲張りは熔かした硬貨（molten coin）に浸けられるか、あるいはそれを飲まされるとされた。

ふた晩と経たぬうちに冷え切ってしまうのか？　ああ、
旦那様のお苦しみをこの胸に感じる。あの奴隷め、
*今の今まで旦那様の料理を腹に詰め込んでいたくせに。
あの男が毒になったのに、食ったものがやつの
腹でうまく消化し滋養になってたまるか。
ああ、どうかどうか病気が取り付きますよう、
やつが死ぬほどの重病にかかったら、旦那様のお陰で
太ったその体から病気を追い払う力が失せればいい、
そして末期《まつご》の苦しみが長引けばいい。　（退場）

＊ This slave/ Unto this hour has my lord's meat in him.「今の今まで」と訳した unto this hour は、F では unto his honour となっている。Fを踏襲するテクストはリヴァーサイド版、アーデン第二版、ニュー・ケンブリッジ版、フォルジャー図書館版、ピーター・アレグザンダー版（NHKシェークスピア）。Pope の校訂を踏襲するのはアーデン3、オックスフォード版、ニュー・ペンギン版、ノートン版である。Fのままだと「奴隷のように自分の名誉観にしがみつくあの男」。

第二場　街路

ルーシアスが三人の外国人と共に登場。

ルーシアス　誰が、タイモン卿が？　彼は私の親友で立派な紳士です。
外国人1　そう聞いています、まだお目にかかったことはありませんが。だが一つ言えるのはですね、ルーシアス卿、あちこちで聞く噂によれば、タイモン卿の幸せな時代はとっくに終わり、財産はどんどん減っている。
ルーシアス　馬鹿な、そんな噂信じちゃいけません、あの人が金に困るはずがない。
外国人2　しかし、信じてください、つい先だってあの人の召使いが何十タレントかを借りるためにルーカラス卿を訪ね、しつこく頼み窮状を訴えたが、断られたとか。
ルーシアス　何ですって？
外国人2　断られたんですよ。
ルーシアス　何と奇怪《きっかい》な話だ！　まったく聞いただけで恥しくなる。あの立派な方の頼みを断った？　名誉心のかけらもない。正直に言えば、この私自身あの人から多少の親切を受けてきた、金《かね》とか皿、宝石といったささやかな品で、ルーカラスの場合とは比べものにならないが。それでも、あの人がうっかりして私のところへ使いを寄こしたなら、それくらいの金を断りはしないだろう。

サーヴィリアス登場。

サーヴィリアス　あ、ちょうどいい、あそこにルーシアス様が。お目にかかりたいとひと汗かいたところだ。――ルーシアス様！
ルーシアス　サーヴィリアス？　いいところで会ったな。さよなら。ご立派で徳高いお前のご主人に、私の素晴らしい友人に、よろしく伝えてくれ。
サーヴィリアス　失礼ですが、私の主人からあなた様に――
ルーシアス　は、ご主人から何を？　あの方にはお世話になりっぱなしだ、いつも何くれとなくものを贈ってくださる。お礼の申し上げようもない、だろう？　で、今日は何を贈って寄こされた？
サーヴィリアス　私をお寄こしになり、目下の窮状を訴え、これ

（書付をわたす）

だけの金額をいますぐご用立て願いたいと。

ルーシアス　分かっている、私をからかっておいでなのだ。タイモン卿ともあろう方が五十、いや五百タレントだろうと不自由なさるものか。

サーヴィリアス　いえ、今はそれ以下の金にも困っております。主人の窮状の原因が徳の高さでなければ、私もこれほど誠心誠意お願いはしないでしょう。

ルーシアス　本気で言っているのか、サーヴィリアス？

サーヴィリアス　魂にかけて本気です。

ルーシアス　私は何とたちの悪い畜生だ、おのれの名誉を輝かす絶好のチャンスをのがすとは！　全くついてないな、昨日ちょっとしたことで金を使ったばっかりに、せっかくの大きな名誉を台無しにしてしまった！　サーヴィリアス、神々にかけて、私にはどうすることも出来ない——まったく私は、最低の畜生だ——実は、私のほうもタイモン卿にお願いするために使いを出そうとしていたのだ、こちらの紳士がたが証人だ。だが、今となっては使いを出せばよかったとは思えない、アテネ中の富をやると言われてもな。ご主人にくれぐれもよろしく。あの立派な方のことだ、私にお助けする力がないからといって悪くお取りにはならないだろう。それからこう申し上げてくれ、あれほど尊敬すべき紳士のお気持ちに添えないのは、私にとって痛恨の極みだと。善良なサーヴィリアス、私のためと思い、ご主人に私がいま言ったことを伝えてくれるね?

サーヴィリアス　はい、承知しました。

ルーシアス　いずれこの礼はするよ、サーヴィリアス。

(サーヴィリアス退場)

(外国人たちに)皆さんのおっしゃるとおり、タイモンは本当に落ち目らしい。

人間、一度人から見放されると、富み栄えることは滅多にない。

(退場)

外国人1　見たか、ホスティリアス?

外国人2　うん、いやってほど。

外国人1　これが世間てもんだ、ごますりどもの根性はみな同じ。

同じ一つ皿のものを食うからといって、*
誰がそいつを親友と呼べる？　私の知るかぎり
タイモンはあの貴族にとって父親に等しい、
自分の財布をはたいて彼の信用を支え、
領地を維持してやり、いやそれどころか、
使用人たちの給料もタイモンの金で払っている。
酒を飲む時に使うのは決まってタイモンの銀の杯だ、
それなのに——ああ、見ろ、人間恩知らずの
姿で現れるとまさに化け物だ——
あの男はタイモン卿の頼みを断ったが、あの男の
財産からすれば、慈善家が乞食に恵むほどのはした金だ。

外国人３　道徳心も地に落ちたな。

外国人１　私はこれまで
タイモンをいわば味わったことがないし、
その恩恵に浴したことも全くないので
彼の友人とは言えません。しかし、断言してもいい、
あれほど気高い心と傑出した美徳の持ち主で、

＊　Who can call him his friend/ That dips in the same dish?　新約聖書「マタイによる福音書」第二六章第二三節「イエスは答えて言われた、『わたしと一緒に同じ鉢に手を入れている者が、わたしを裏切ろうとしている（He that dippeth his hand with me in the dish, the same shall betray me.）。』」を踏まえているとされる。

尊敬すべき行いを積んできた人の
窮状を救うために、仮に私でも役に立てるなら、
私は自分の財産を彼からの贈り物とみなし、
その大部分を喜んで返すだろう、
それほど彼を敬愛しているのだ。だが今の世の中、
人間、同情心などいだいてはなるまい、
私利私欲が良心を押さえ込んでいるのだから。
（一同退場）

第三場　センプローニアスの邸

タイモンの第三の召使いがタイモンの友人の一人であるセンプローニアスと共に登場。

センプローニアス　俺に面倒をかけねばならんというのか、え？他ならぬこの俺に？　ルーカラス卿かルーシアスに当たってみればいいだろう——

それにヴェンティディアスも今は裕福だ、タイモン卿が牢から出してやったんだから。三人とも彼のお陰で財産を築いたのだ。

召使い3　センプローニアス様、お三方とも当たってみましたが[*1]、地金《じがね》をお出しになりました、つまりお断りになったのです。

センプローニアス　なに、断った？　ヴェンティディアスもルーカラスも断った、で俺に使いを寄こしたのか？　三人——ふむ？　これで分かる、彼には俺への愛も理解もないのだ。俺が最後の頼みの綱？　彼の友人たちは医者のようなものだ[*2]、もうけておいて、見放す。なのに俺が治療しなきゃならんのか？

＊1
They have all been touched and found base metal. 『お気に召すまま』の道化の名前はタッチストーン（意味は「試金石」）だが、ここの touch も「試金石で試す」の意。その結果、三人とも金や銀などの貴金属ではなくbase metal（卑金属）であることが分かった、ということ。

＊2
His friends, like physicians,/ Thrive, give him over. ニューペンギン版は Thrice give him over. と校訂する解釈を採っている。この場合「三回見放す」。

タイモンは俺の顔をつぶした、ああ腹が立つ、
俺の立場が分からないのか。まったく筋が通らん、
窮状を訴えるなら真っ先に俺のところにくるべきだろう、
誓ってもいい、俺は彼から贈り物をもらった
最初の男だからな――
それが今は俺をないがしろにするあまり、
その返礼を最後にさせるのか？　いやだね。
そんなことをすれば俺はみんなの笑いものだ、
貴族たちに阿呆あつかいされるに決まっている。
真っ先に俺のところに使いを寄こしていれば、
彼への好意を示すためだけでも、俺はその三倍の金を喜んで出
したろう、
それほど彼の力になりたいのだ。だがもういい、帰れ、
三人の冷淡な返事に俺の分も足してこう言うがいい、
俺の名誉を見くだす者に俺の金は見せない。（退場）

召使い3　素晴らしい！　あなた様はご立派な悪党だ。さすがの
悪魔も人間にずる賢さを仕込んだとき、自分のしたことが分かっ

てなかったんだ。そのせいで悪魔は自分で自分の裏をかいたんだ
から。結局人間の悪辣《あくらつ》さに比べれば悪魔のほうが純粋無垢だと思
うしかない。あの貴族め、必死できれいに見せようとして汚《きたな》さを
さらけ出し、美徳の鑑《かがみ》という顔をして悪事を働きやがって！　[*1]熱
烈な信仰のもとに王国を丸ごと焼きはらおうとする連中みたいな
もんだ、あいつの友情なんてそんなずる賢い見せかけにすぎない。
これで旦那様の最後の頼みの綱が切れた、みんな逃げて
残ったのは神々だけだ。友だちが死んでしまった
いまとなっては、これまで何年ものあいだ気前よく開け放たれ、
錠を下ろすことを知らなかったお邸のご門も、
主人《あるじ》をしっかり守るよう閉めねばなるまい。
これが恵み深すぎる生き方の末路だ、
自分の富を維持できない者は[*2]家に閉じこもるしかないのだ。

（退場）

＊1
like those that under hot ardent zeal would set whole realms on fire　一六〇五年に起こったGun-powder Plot（火薬陰謀事件）の犯人たちへの言及とされる。議事堂を爆破してジェイムズ一世と議員を殺害しようとしたガイ・フォークスを首謀者とするカトリック教徒の陰謀。事前に発覚して未遂に終わり、結局首謀者たちは死刑に処された。

＊2
当時は借金が返済できない者は逮捕されて専用の監獄に入れられた。それを避けるために門を閉じ、外出しないという対策のことを言っている。

第四場　タイモンの邸

ヴァローの召使い二人がタイタスとホーテンシアスに出会い、次いでルーシアスの召使いが*、そしてタイモンの債権者たちの召使い全員が登場し、タイモンが出てくるのを待つ。

* 三幕二場に登場したルーシアス卿の召使いか。

ヴァローの召使い１　やあ、おはよう、タイタスにホーテンシアス。
タイタス　おはよう、ヴァローさんの。
ホーテンシアス　ルーシアスさんの！　なんと、ここで出会うとはねえ？
ルーシアスの召使い　ええ、たぶんみんな同じ用件なんでしょうね。私のは金のことです。
タイタス　みんなそうさ。

フィロータス登場。

ルーシアスの召使い　それに、ほら、フィロータスもだ。
フィロータス　こんにちは、皆さん。
ルーシアスの召使い　よく来た、兄弟、いま何時ごろかな？
フィロータス　そろそろ九時かな。
ルーシアスの召使い　もうそんなか？
フィロータス　タイモン卿はまだか？
ルーシアスの召使い　まだだ。
フィロータス　おかしいな、いつも七時には起きていらっしゃるのだが。
ルーシアスの召使い　うん、だがあの方にとっては日が短くなったんだ。
考えてもみろ、浪費家の生活ぶりは太陽の軌道に似ているが、
似ていないのは一度沈んだら二度と昇らないところだ。*
タイモン卿の財布の中は真冬なんじゃないかな、

* ...a prodigal course/ Is like the sun's, but not like his recoverable. この recoverable（回復できる、取り戻せる）が意味するのは、正確に言えば、沈んだ太陽がまた昇るということではなく、太陽の冬の軌道は低くなるが夏は高く中天・至点に達するように戻るということ。

つまり、いくら深く手を突っ込んでも
何も摑めないってこと。
フィロータス　俺もそう思う。
タイタス　いいか、妙な現象を分析して見せようか、*
あんたは主人の使いで金を取りに来たんだろう?
ホーテンシアス　そう、その通り。
タイタス　あんたの主人は今タイモン卿から贈られた宝石を
身につけているが、俺はその代金を取りに来たんだ。
ホーテンシアス　俺も心苦しいよ。
ルーシアスの召使い　何とも妙な話だ、
タイモン卿は借りた額以上の金を払うことになるわけだ。
あんたの主人は贈り物の高価な宝石を着けていながら
その代金を寄こせと言ってるようなもんだ。
ホーテンシアス　俺はこんな仕事は心底うんざりなんだ。
うちの主人はタイモン卿の財産を使ったくせに
その恩を忘れるんだから、泥棒よりひどい。
ヴァローの召使い1　そうとも、うちの主人は三千クラウンだ。

＊ I'll show you how t'observe a strange event. 太陽の軌道や季節のことにつながる天文学用語が使われており、observe は「観測分析する」の意味で、a strange event は天文学的な異常現象を示唆する。

お宅は？
ルーシアスの召使い　五千クラウン。
ヴァローの召使い1　そりゃ大変だ、金額からすると
お宅の主人のほうがうちの主人よりタイモンを信用してたんだね、でなきゃ貸した金は同額だっただろう。

フラミニアス登場。

タイタス　タイモン卿の召使いだ。
ルーシアスの召使い　フラミニアス？　ちょっとひと言！　タイモン様はもうすぐお出ましかな？
フラミニアス　いや、まだまだだ。
タイタス　みんなでお待ちしてるんだ、そうお伝えしてくれないか。
フラミニアス　お伝えするまでもない、旦那様は皆さんがお勤め一途《いちず》だってことはご存じだからな。（退場）

フレヴィアス登場、マントを着て顔を隠している。

ルーシアスの召使い　おっと、顔を隠して出てきたのは執事じゃないか？
どこかに雲隠れでもする気か。呼び止めろ、呼び止めろ。

タイタス　ちょっとよろしいですか？

ヴァローの召使い2　失礼ですが。

フレヴィアス　何かご用ですか？

タイタス　まとまった金を頂こうとみんなここで待っているんですが。

フレヴィアス　そうか、
[*1]皆さんと同じく金もまとまってくれれば、
確実にお返しできますがね。
あんた方の不実な主人たちは、なぜ、うちの旦那様の
ご馳走を食ってるときにその借用書を出さなかったんだ？
みんな追従《ついしょう》笑いを浮かべて旦那様の借金にまで[*2]尻尾をふり、

＊1
タイタスが「我々はいくらかの金を待っている（We wait for certain money here, sir.）」と言ったのに対し、フレヴィアスは「もし金があなた方が待っているのと同じく確かなら（If money were as certain as your waiting.）」と答えている。前者のcertainの意味はsome（いくらかの）、後者の意味は「確かな」。

＊2
...fawn upon his debts. シェイクスピアはしばしばおべっか使いを犬になぞらえている。「尻尾をふる」と訳したfawnは「犬がじゃれつく、媚びへつらう」の意。

利子分の食い物飲み物をがつがつと腹におさめてたじゃないか。
俺を怒らせると痛い目にあうだけだぞ、
おとなしく通してもらおう。
実を言うと、旦那様と俺とはもうおしまいってことになった、*
俺には勘定する金がないし、旦那様には使う金がなくなった。
ルーシアスの召使い そんな返事じゃ使いものにならない。
フレヴィアス 使いものにならないなら、あんた方みたいに卑しくはないわけだ、
あんた方は悪党どもの使いっぱしりなんだからな。（退場）
ヴァローの召使い1 何だと？ 偉そうにぶつくさ言ってるが、
あいつ馘《くび》になったのか？
ヴァローの召使い2 何がどうであれ、あの人も無一文《むいちもん》、それで
恨みっこなしだ。頭を突っ込む家もないやつにかぎって好き勝手
な口をきく。そういうやつらには大邸宅の悪口でも言わせておく
さ。

サーヴィリアス登場。

* My lord and I have made an end. 曖昧な言い方。「別れると合意した」という意味と「最終的な区切りの時点に達した」という意味が重なる。

タイタス　あ、サーヴィリアスだ。今度は何か返事をもらえるだろう。

サーヴィリアス　皆さんには日を改めてお出でいただければ有難い。というのは、実のところうちの旦那様は恐ろしくご機嫌ななめで、いつものうららかなご気性はどこへやら、お加減まで悪くなり、部屋に閉じこもっておいでなのだ。

ルーシアスの召使い　病気でもないのに部屋に閉じこもってる人間は大勢いる。

それにもしそんなにお加減が悪いなら、さっさと借金を払って、天国への道をゴミ一つないなだらかなものにすりゃあいい。

サーヴィリアス　何てことを！

タイタス　それじゃあ返事になってない。

フラミニアス　（奥で）サーヴィリアス、助けてくれ！　旦那様、旦那様！

タイモンが怒り狂って登場。

タイモン　なに、俺の家のドアが、俺が通るのを阻《はば》むのか？*
俺は自由に生きてきた、それなのに俺の家を
俺の敵に、俺の監獄にして自分を拘束せねばならないのか？
俺はこの部屋で客をもてなした、それがいま
あらゆる人間と同じように、俺に冷たい鉄の心を見せるのか？
ルーシアスの召使い　さあ今だ、タイタス。
タイタス　タイモン様、うちの主人の請求書です。
ルーシアスの召使い　うちの主人のはこれです。
ホーテンシアス　うちのです、タイモン様。
ヴァローの召使い二人　我々の主人のです、タイモン様。
フィロータス　みんなそれぞれ請求書を持参しました。
タイモン　その請求書の束で俺を真っ二つに叩き切れ。
ルーシアスの召使い　ああ、タイモン様――
タイモン　俺の心臓を金額と同じ数に切り刻め。
タイタス　うちは五十タレント――

* 八四頁の脚注2参照。

タイモン　したたる俺の血で数えろ。
ルーシアスの召使い　五千クラウンです、タイモン様。
タイモン　俺の血五千滴《てき》で支払う。お前のところは？　お前のは？
ヴァローの召使い１　タイモン様――
ヴァローの召使い２　タイモン様――
タイモン　俺をずたずたに切り裂け、そして神々に責め苛《さいな》まれるがいい。（退場）
ホーテンシアス　まったく、あれじゃあ俺たちの主人はみんな匙《さじ》を投げるしかなさそうだ。貸し倒れだよ、借り手が気違いなんだから。（一同退場）

第*五場　タイモンの邸の別の部屋

タイモンとフレヴィアス登場。

タイモン　やつらのせいで息もできない、下郎どもめ。借金取りだと？　悪魔だ！

フレヴィアス　大事な旦那様――

タイモン　どうなる、もしやったなら？

フレヴィアス　旦那様――

タイモン　よし、やってやる。（大声で）おい、執事！

フレヴィアス　はい、旦那様。

タイモン　飛んで来たな？　行け、また招待するんだ、俺の友人全員、ルーシアス、ルーカラス、センプローニアス、全員だ、もう一度あのごろつきどもをもてなしてやる。

* アーデン3はこれを新たな一場にしているが、四場の続きとしてある版もある。

フレヴィアス　ああ、旦那様、
そのお言葉、ご乱心としか思えません。
つつましい食事をお出しするだけの
貯えも残っておりません。
タイモン　お前が心配することはない。
行け、命令だ、みんなを呼んでこい、悪党どもにもう一度
押し寄せてこさせるのだ。仕度は俺と料理人に任せろ。
（二人退場）

第六場　元老院

一方から三人の元老院議員が、他方からアルシバイアディーズが従者たちを連れて登場。

元老院議員1　私も閣下のご意見に賛成です、
　これは血なまぐさい罪だ、死刑に処すしかない。
　慈悲ほど罪を付け上がらせるものはありませんからな。
元老院議員2　その通り、法によって壊滅《かいめつ》させるのだ。
アルシバイアディーズ　名誉、健康、そして憐憫《れんびん》の情が元老院にあらんことを！
元老院議員1　さて、将軍？
アルシバイアディーズ　つつしんで諸卿のご人徳におすがりします、
　なぜなら憐みこそが法律の美徳であり、
　法律を苛酷に適用するのは暴君だけだからです。
　私の友人は苦しみに押しつぶされている、それは時と運にしてみれば
　してやったりというところでしょう、彼は血気に逸《はや》り自らを法の手に
　渡すような過ちを犯したのだから、だが法律とは

うっかり飛び込んだ者にとっては底なし沼に等しい。
彼は、このたびの不運な事態を別にすれば、
実に好ましい美徳の持ち主です。
それに卑怯な真似をしてこの行為を汚《けが》したわけでもない――
その事実は彼の罪を償《つぐな》ってあまりある名誉です――
自分の名声が死滅しかねないと見た彼は
気高い怒りとまっすぐな義俠心に駆られ
敵に立ち向かったのです。
その怒りにしても彼は冷静沈着にさりげなく制御し、
ほとばしるままにはしなかった、まるで何かの論戦で、
ある命題を証明するような態度でした。

元老院議員1　あなたは醜い行為を美しく見せようとやっきにな
り、
矛盾した無理な逆説を押し通すのだな。
そうやって言葉を尽くしておいでだが、それはまるで
人殺しを合法的な行為とし、喧嘩を勇気の表われと
見做《みな》すようなものだ、ところがそんな喧嘩は実は

出来損ないの勇気であり、新たな党派や派閥が生まれると同時にこの世に出てきたにすぎない。真に勇敢な男なら、どんな悪口を言われようがじっと耐える聡明さをそなえ、どんな侮辱を受けようがそれを衣服同然の上辺《うわべ》のものとして平気で身にまとうものだ、それをいちいち心の奥に持ち込み心を危険にさらすような真似はしない。仮に侮辱が殺意を抱かせるほど邪悪なものだとしても、そのために自分の命をかけるのは愚の骨頂だ。

アルシバイアディーズ　閣下——

元老院議員1　いくらあなたでも大罪を無罪にはできない。真の勇気とは復讐することではなく耐え忍ぶことだ。

アルシバイアディーズ　では諸卿、僭越《せんえつ》ながら、一軍人として申し上げるのをお許し願おう。人間は威嚇を受けると、なぜ耐え忍ぶことをせず、戦争に身をさらす愚を犯すのか。なぜ反撃もせずに眠り、そっと忍び寄る敵が自分たちの喉笛を

掻っ切るに任せないのか？　勇気のありかが
隠忍自重《いんにんじちょう》なら、なぜ我々兵士は
出征するのか？　いやはや、家に居る女のほうが
勇敢なわけだ、忍従に勇気があるのなら。
また、ライオンよりロバが優れた将軍であり、裁判官より
鎖につながれた罪人《ざいにん》のほうが賢いわけだ、
忍従に叡智があるのなら。ああ、諸卿、あなた方の
偉大さに見合うように慈悲深く善良であってくれないか。
[*1]立場上冷静であれば誰でも無謀な行為を断罪できる。
殺人がおぞましい罪の極みであるのは私も認めます、
しかし慈悲の心で見れば名誉を守るための殺人は正義です。
怒りにかられるのは神に背くことだが、怒らない
人間がこの世にいるだろうか？
その点を考慮してこの罪を量《はか》ってほしい。

元老院議員2　あなたが何を言おうと無駄だ。

アルシバイアディーズ　無駄？　[*2]スパルタや
コンスタンチノープルで彼があげた功績は

*1
Who cannot condemn rashness in cold blood? アルシバイアディーズは、in cold blood（冷酷に、冷静に、平気で）な状態にある元老院議員には rash な行動を断罪できるだろうが、そうでない状態（つまり in hot blood）にあった友人のことを想像しろと言っている。

*2
原文では Lacedaemon and Byzantium（ラケダイモンとビザンチウム）となっている。前者はスパルタの正式名称、後者はコンスタンチノープルの古称。ビザンチウムは紀元前四一一年にアテネに離反したが、四〇八年に戻された。

彼*1の命を取り戻す賄賂《わいろ》として十分でしょう。
元老院議員1　何だと？
アルシバイアディーズ　いや、諸卿、私が言いたいのは、彼が立
派な功績をあげ、
あなた方の多くの敵を戦場で殺したということだ。
先の戦いでも、いかに勇敢に行動し、いかに
おびただしい傷を敵に負わせたか！
元老院議員2　*2あの男がそれを種に重ねた蛮行はおびただしすぎ
る。
なにしろ根っからの遊蕩児で、罪なことに、年じゅう泥酔して
は
せっかくの勇気まで酒の虜《とりこ》にしているのだから。
たとえ敵などいなくても、泥酔という悪癖だけで
あの男を打ち倒すには十分だ。獣《けもの》じみた怒りに
まかせて乱暴狼藉《ろうぜき》を働き、
陰謀を煽《あお》っているそうだ。我々の耳にも入っているが、
あの男の日常は醜悪で、酒が入ると危険極まりない。

＊1
His service done/ At Lacedaemon and Byzantium,/ Were a sufficient briber for his life. 次行で元老院議員1が気色ばむのは、この手の贈賄が元老院議員らにはありふれた慣行だろうとアルシバイアディーズが皮肉をこめたからか。

＊2
He has made too much plenty with 'em. 文末の 'em は them の略で前行 (In the last conflict and made plenteous wounds.) の「おびただしい傷 (plenteous wounds)」のこと。この「傷」をアルシバイアディーズの友人が受けた傷とする解釈もあるが、前行にある make wounds という言い方はシェイクスピアに関するかぎり「他者に傷をつ

元老院議員1　あの男は死刑だ。
アルシバイアディーズ　酷《むご》い運命だ！　戦場で死ぬこともできただろうに。
諸卿、仮にあの男に取り柄がないというなら、もっとも、あの右腕だけで自分の寿命分の時間を買うことができ、誰にも借りを作らずにすむのだが、あなた方をもっと動かすために、彼の功績に私の功績を加えて差し出そう。分かっている、ご高齢の諸卿は安泰をお好みだから、私は私の勝利と名誉のすべてを担保にして、彼があなた方の慈悲に立派な見返りをすることを保証する。彼がこの罪ゆえに失うはずの命を法律が救うなら、彼は戦争にその命を取らせるだろう、勇敢に血を流して、なぜなら法律も戦争も五分五分だからだ、厳しさにおいて。
元老院議員1　我々は法律の側に立つ。あの男は死刑だ、これ以上

ける、与える」という意味で使われている（シェイクスピア・コンコーダンスに当たってみた）。

言い立てると、我々の最高の不興を買うぞ。友であれ兄弟であれ、他人《ひと》の血を流した者は自分の血も失《な》くすのだ。

アルシバイアディーズ　どうしても駄目か？　駄目であるものか。諸卿、私をご存じないのか。

元老院議員２　なに？

アルシバイアディーズ　私のことを思い出してみろ。

元老院議員３　何だと？

アルシバイアディーズ　歳のせいで俺を見忘れたな、そう思わざるを得ない、でなければ、この程度の恩恵を求めて拒絶されるほど俺が下賤な者に成り下がるはずがない。お前たちを見ていると古傷がうずく。

元老院議員１　我々を怒らせる気か？　言葉は少ないが、趣旨は広大だ。お前を永久に追放する。

アルシバイアディーズ　俺を追放する？

お前たちの耄碌《もうろく》を追放しろ、
金貸し業を追放しろ、元老院の醜態のもとだ。

元老院議員1　二日たってもなお
アテネ市内に居れば、更に重い刑罰がくだると覚悟せよ。
我々の憤《ふん》怒《ぬ》を膨れ上がらせぬために、あの男を
ただちに処刑する。　（元老院議員一同退場）

アルシバイアディーズ　神々よ、やつらを嫌というほど老いぼれ
させ、
ふた目と見られぬ生ける骸骨になしたまえ。
くそ、怒り狂うだけではおさまらん。俺は奴らの敵を
撃退してやった、その間《かん》奴らは金勘定をし、
その金を高利で貸して大儲けしていたのに――俺が受けたのは
無数の大きな傷ばかり。その見返りがこれか？
金貸し議員どもが武将の傷口に塗ってくれる
膏薬《こうやく》*がこれか？　追放？
悪くない。追放されるのは嫌ではない、
俺の怨念と鬱憤《うっぷん》を晴らす打ってつけの口実だからな、

＊　balsam　バルサム、芳香性含油樹脂、薬用・工業用、短縮形は balm。鎮痛作用のある軟膏。

これでアテネに襲いかかってやれる。不満たらたらの
俺の軍隊を鼓舞し、兵士たちの心を摑むとしよう。
＊多くの国を相手にひと悶着《もんちゃく》起こすのは名誉なことだ、
神々と同様、侮辱を耐え忍ばないのが軍人というものだ。

（退場）

第七場　タイモンの邸

音楽。タイモンの友人たちが別々のドアから登場。その中には
ルーシアス、ルーカラス、ヴェンティディアス、センプローニ
アスや貴族たちがいる。

貴族1　やあ、お元気で何より。

＊ 'Tis honour with most lands to be at odds. 解釈が様々に分かれるが、文章としてはto be at odds with most landsと読むのが自然なので、意味は曖昧。それを訳したが、most landsをworst landと校訂するテクストもあり、その場合は「最悪の国々と戦うのは名誉」ということになる。また、with most landsを「おおかたの国々では（in most lands）」と解釈する説もある。その場合は「おおかたの国々では戦うのが名誉」。

貴族2　そちらもお元気で。誉れ高いこちらのご主人は、このあいだは我々をお試しになっただけなのだな。
貴族1　ちょうどいま私もそう思っていたところだ。それほどお困りではなさそうだ、友人たちを試そうと困った振りをなさったのだろう。
貴族2　お困りのはずがない、こうしてまた宴会を開かれるところを見ると。
貴族1　そうとしか思えない。熱心なお招きをいただいたのだが、差し迫った用事が山ほどありお断りしようとしたのだ。しかしそこを何とかと拝み倒され、仕方なくこうしてやってきた。
貴族2　私も同じく緊急の所用があったのだが、そんな言い訳は聞こうともなさらない。申し訳ないと思うのは、あの方から借金の依頼があったとき私の貯えが底をついていたことだ。
貴族1　その心苦しさは私も同じだ、こうして事情が分かってみると。
貴族2　ここに来ている者はみなそうさ。で、あなたからはいくら借りようとなさった？

貴族1　一千クラウン。*
貴族2　一千クラウン？
貴族1　あなたからは？
貴族2　私からは——あ、お見えです。

　タイモンが従者たちと共に登場。従者たちは饗宴のためにテーブルや椅子を出す。

タイモン　お二方とも心から歓迎します、ご機嫌いかがですか？
貴族1　上々です、閣下がお元気だとうかがったのでなおさら。
貴族2　ツバメが嬉々として夏につき従う以上に、我々は閣下をお慕いしています。
タイモン　（傍白）嬉々として冬から逃げ出す点でもツバメ顔負けだ——そういう夏鳥なのだ、人間は。紳士諸君、うちの料理はこんなに長くお待たせするほどのものではないが。しばらくは音楽をご馳走がわりに味わっていただこう、トランペットの音がお耳障りでないのなら。宴会は間もなくだ。

＊　原文ではA thousand pieces. このpieceがこれ以前に言及された「タレント」に対していくらくらいなのかは不明だが、一ピースは金貨一枚。

貴族1　閣下からのお使いを手ぶらでお帰ししましたが、失礼の段、どうかお気を悪くなさいませんよう。
タイモン　あ、いや、それならご心配なく。
貴族2　高貴なる閣下――
タイモン　やあ、あなたか、いかがですか？
貴族2　誉れ高い閣下、もう恥ずかしくて怖気《おぞけ》だつほどです、先日閣下のお使いがみえたとき、あいにく私は乞食同然でしたので。
タイモン　そのことはご放念ください。
貴族2　いらしたのが二時間前でしたら――
タイモン　もう気に病むのはおよしなさい。（従者たちに）さあ、ぜんぶいちどきに持ってこい。
　　宴会の料理が運び込まれる。
貴族2　どの鉢にもふたがしてある。*
貴族1　王侯向けの料理だな、きっと。
貴族3　間違いない、金をつぎ込んだ旬《しゅん》のものだろう。

* All covered dishes! 料理を冷まさないため、またどんな料理か期待を高めるために料理にカヴァー（ふた）をした。むろんタイモンがこうした目的は別。

貴族1　やあ、いかがです？　何か目新しいことでも？
貴族3　アルシバイアディーズが追放された、聞いているか？
貴族1と2　アルシバイアディーズが追放？
貴族3　そうだ、本当だ。
貴族1　またどうして、どうしてだ？
貴族2　なあ、理由はなんだ？
タイモン　大切な友人諸卿、どうぞこちらへ。
貴族3　あとで話すよ。立派な宴会が始まるようだ。
貴族2　相変わらずのもてなしぶりだな。
貴族3　いつまで保《も》つか、いつまで？
貴族2　当分は保つ、しかし時ってやつは――
貴族3　言いたいことは分かる。
タイモン　銘々席にお着きください、まっしぐらに恋人の唇を目指すつもりで――どの席の料理も同じだ。お偉方主催の晩餐会*ではないのだから誰が上座《かみざ》かなど席順を決めようとして料理を冷ますことはない。さあ、ご着席を。
神々が感謝の祈りを求めておいでだ。

* Make not a city feast of it…　この city feast という言葉からはロンドン市長など高位高官主催の饗宴が連想される。

恩恵を施したもう偉大なる神々よ、ここに集いし我らに感謝の念を降り注ぎたまえ。あなた方がその賜《たまわ》り物ゆえに讃えられますよう。しかしあなたがた神々が蔑《さげす》まれてはなりませぬゆえ、ゆくゆくお与えになる分はつねに残しておかれますよう。人それぞれが互いに貸し借りせずにすむよう十分貸し与えたまえ、なぜならあなたがた神々が人間から借りようとなさるなら、人間は神々を見放すでありましょう。食べ物が、食べ物を与える者より愛されますよう。人が二十人集まれば、そこには必ず悪党が二十人揃いますよう。十二人の女が食卓に着けば、そのうち一ダースは本性そのままの尻軽でありますよう。あなたがたのその他の敵は、おお、神々よ——アテネの元老院議員から国家の脚*たる平民にいたるまで——すべて狂っておりますゆえ、しかるべき破滅をもたらしたまえ。ここなる私の友人どもは、私にとって無でありますゆえ、彼らに無なる祝福を垂れたまえ、彼らを無へと歓迎したまえ。犬ども、ふたを取ってぴちゃぴちゃ舐めろ！

＊　Fではcommon leg of peopleだが、アーデン3はlegをlagと校訂。その場合は「最下層の民」。

鉢のふたが取られると、生ぬるい湯しか入っていない。

貴族の一人　どういうおつもりだ、これは？

別の貴族　分からん。

タイモン　貴様らこの先これ以上のご馳走にありつけると思うな
よ、
食い物目当ての口先だけの友人ども！　湯気とぬるま湯が
貴様らにはうってつけだ。これが*タイモンの最後の晩餐だ、
貴様らの追従《ついしょう》で金ピカに飾られたタイモンは
それを洗い落とし、貴様らの面《つら》に
湯気と悪臭ふんぷんたる貴様らの悪徳をぶっかけてやる。

（客たちの顔に湯をかける）

忌み嫌われてせいぜい長生きしろ、
笑みを浮かべて媚びへつらうおぞましい寄生虫、
乙に澄ました人殺し、人当たりのいい狼、おずおずした熊――
運命の道化役、宴会荒らし、暖気でわいて出る青蠅、
三拝九拝のクズ野郎、屁みたいな日和見《ひよりみ》野郎、

＊Timon's last　このlastには様々な解釈がある。たとえばlast action（最後の行為）、final action（最終決戦）、final dealing with you（お前たちとの最終交渉）など。オックスフォード版の脚注はイエス・キリストのthe Last Supper（最後の晩餐）との関連を示唆している。

人間や獣《けだもの》が罹《かか》るあらゆる悪疫に見舞われ
全身出来物だらけになれ！　おい、逃げ出すのか？
*待て、まずこの薬を受け取れ、貴様も、貴様もだ！
止まれ、貴様には金を貸してやる、一文だって借りるものか。

（貴族たちは逃げまどいつつ退場）

ほう、一斉に逃げるのか？　これからはどんな宴会でも
悪党が客として歓迎されますよう。
家が燃え、アテネが沈没し、これからは人と全人類が
タイモンの憎悪の的になるがいい。　（退場）

元老院議員たちが貴族たちと共に登場。

貴族1　どうです、諸卿？

貴族2　ご存じですか、タイモン卿のあのお怒りの原因が何か？

貴族3　ええい、私の帽子、見かけたか？

貴族4　私はマントを失くした。

貴族1　気違いそのものだ、完全に錯乱している。この間宝石を

*以下の台詞と共に、湯をぶちまけて空になった皿を投げる。あるいは湯と石が「供された」なら、石も投げる。

くれたんだが、そいつを私の帽子から叩き落とした。私の宝石、見なかったか？

貴族3 私の帽子は？

貴族2 ここにある。

貴族4 私のマントはここだ。

貴族1 長居は無用だ。

貴族2 タイモン卿は気が狂った。

貴族3 おかげで骨まで痛む。

貴族4 今日ダイヤモンドをくれたのに翌日には石だ。*

（一同退場）

＊ 貴族4は比喩としてこう言うのだが、タイモンが実際に石を投げることもありうる。

第四幕

第一場　アテネの市壁の外

タイモン登場。

タイモン　振り返ってお前を見るか。ああ、あの狼どもを
囲いこんでいる石壁よ、大地に沈め、
もうアテネを守るな！　人妻たちは不倫しろ、
子供らは反抗し、奴隷も道化も
いかめしい皺だらけの元老どもを権力の座から
引っこ抜き、代わりにその職務に就《つ》け。瑞々《みずみず》しい処女たちよ、
今すぐ男ども*の公衆便所に変わってしまえ、

＊　原文は general filths、直訳すれば「一般の、共有の汚物」。

父母の目の前でやれ。破産者たちよ、踏ん張れ、
借金を返すくらいなら、ナイフをつかみ
債権者の喉を掻っ切れ！　奉公人は盗め、
お前らのいかめしい主人は大きな手をした強欲な強盗だ、
法律を味方につけて略奪する。女中よ、主人のベッドに急げ、
その奥方は女郎屋の女将《おかみ》だ。十六歳の息子よ、
足萎《な》えの老いぼれ親父の杖を引ったくり、
親父の脳みそを叩きだせ。敬虔な心も畏怖も、
神々への信仰、平和、正義、真理、
長幼の序、夜の安らぎも隣人愛も、
教訓、礼儀、職業も商売も、
階級、作法、習慣も法律も、
破滅を生む真逆《まぎやく》なものになってしまえ、
だが混乱は生き続けろ！　人間に付き物の疫病よ、
その強力な感染力を持った熱をアテネのうえに
積み上げ、満を持して襲い掛かれ。悪寒《おかん》を生む坐骨神経痛よ、
我らが元老どもをびっこにし、やつらの礼儀ともども

（一一五頁）

＊1
Itches, blains...「むず痒さ」を表すitchは医学用語としては「疥癬、皮癬」のことだが、当時はpox（かさ、梅毒）の別称、blain（はれもの、膿疱）もこの文脈では梅毒由来。
＊2
原文ではleprosy（ハンセ

足腰を立たなくしてしまえ。情欲と放蕩よ、
この国の若者の心と骨の髄《ずい》にじわじわと入り込み、
やつらが美徳の流れに逆らって溺れ死ぬよう、
乱行《らんぎょう》の渦に飲み込ませろ。*1梅毒の痒《かゆ》みと発疹《はっしん》よ、
全アテネ人の胸に種を蒔《ま》き、ひとり残らず*2業病《ごうびょう》を
収穫するがいい。*3言葉を吐く息よ、息に病《やまい》を移せ、
そうすれば人と人との付き合いも友情も
混じりけなしの毒になるだろう。*4唾棄《だき》すべき町よ、俺は
お前からこの裸か身以外なにひとつ持ち出さない。
*5これもくれてやる、増殖する呪いを込めて。
タイモンは森へゆく、*6森では最も無情な野獣すら
情が濃いと思えるだろう、人間にくらべたら。
神々よ、すべての良き神々よ、聴きたまえ、
あの石壁の中といわず外といわずすべてのアテネ人を滅ぼした
まえ、
そしてこの祈りを叶えてくれ、タイモンが歳をとるにつれ、
身分の上下を問わず全人類への彼の憎悪を増大させてくれ！

ン病）。当時は梅毒感染と混同された。

*3
Breath, infect breath... この息は「言葉」の意味も含む。タイモンは、梅毒が空気感染するという当時の俗信を言っている。

*4
Nothing I'll bear from thee/ But nakedness, thou detestable town.　タイモンはこの一行を言いながら衣服を脱ぎ捨てると思われる。

*5
Take thou that too.　このthat は衣服の一部か装飾品だろう。

*6
Th'unkindest beast more kinder than mankind. 'kind' で語呂合わせしている。

アーメン。　（退場）

第二場　タイモンの旧宅

フレヴィアスが二、三人の召使いと共に登場。

召使い1　ねえ、執事さん、旦那様はどこなんです？
俺たちはおしまいですか、馘《くび》ですか、何も残ってないんですか？

フレヴィアス　ああ、ご同役、あんた方に何と言えばいい？
正義の神々に記録していただいてもいいが、
私もあんた方と同じく貧乏なのだ。

召使い1　これほどの家が潰れた？

あれほど気高いご主人が落ちぶれた？　みんないなくなり、
旦那様には一人の友だちもいないのか、不運の時に旦那様の腕
を取り、
運命を共にする友だちは？

召使い2　ちょうど俺たちが、墓に放り込まれた
仲間に背を向けて立ち去るように、
旦那様の財産に馴染んだ親友たちも、財産がなくなると
こそこそ逃げ出すんだ、掏摸《すり》が中身を抜いた財布を捨てていく
みたいに、
中身のない友情の誓いを残して。お気の毒な旦那様は
宿無しの乞食だ、世間から爪弾《つまはじ》きされる
貧乏って疫病神《やくびょうがみ》をしょいこみ、軽蔑のかたまりになって
一人ぼっちで歩いてなさる。――また仲間がきた。

他の召使いたち登場。

フレヴィアス　みんな、潰《つぶ》れた家の壊れた道具だ。

──召使い3　だが俺たちの心はまだタイモンのお仕着せを着てる
それがみんなの顔に見てとれる。俺たちはまだ同じ悲しみを抱いて
お仕えする仲間なんだ。俺たちの穴だらけの船は沈没する、
哀れな水夫の俺たちは死の甲板に立ち、
大波の脅しを聞いてるんだ──この世間の逆風という海に
一緒に飛び込んで離ればなれになるしかない。
フレヴィアス　善良な仲間たち、
私の手持ちの最後の金《かね》をみんなで分けてくれ。
この先どこで会おうと、タイモン様のために
やっぱり仲間でいようじゃないか。一緒に首を振って、
まるで旦那様の運命を弔《とむら》う鐘を鳴らすつもりで
「昔はよかった」と言おうじゃないか。それぞれ取ってくれ、
いや、みんな手を出せ──もう何も言うな、
これでお別れだ、悲しみは豊かに、別れは貧しくとも。
（それぞれ抱き合い、召使いたちは四方に退場）

ああ、栄耀栄華がもたらす凄まじい惨めさ！
誰であれ富からは遠ざかっていたいと思うだろう、
富の行き着く先はしょせん悲惨と軽蔑なのだから。
ああまで栄耀栄華に欺《あざむ》かれ、夢でしかない友達付き合いのなかで
生きたいと、いったい誰が思うだろう？
あの華やかさも、あの地位財産を形づくる何もかも
上辺《うわべ》ばかりの友人同様見掛け倒しに過ぎない。
お気の毒な、真っ正直な旦那様、お心が寛《ひろ》いせいで落ちぶれ、
善良なせいで破滅なさった！　不思議で変わったご気質だな、
人としての最悪の罪が善いことのし過ぎだとは。
ならばいったい誰がまた、あの半分の親切でもする気になるだろう？
気前の良さは神々を作り上げるが、人間を台無しにする。
大事な大事な旦那様、恵まれていらしたのも結局は呪われるため、
裕福だったのも惨めになるため、あなたの莫大な財産が

あなたの一番の苦しみになる。ああ、優しい旦那様は、
化け物じみた友人たちが住むこの恩知らずの街から
腹立ちまぎれに飛び出して行かれた。お命をつなぐ食料も
それを買い求める金もお持ちにならずに。
俺も後を追って、行方《ゆくえ》を訊ねよう。
お心に添うよう最善を尽くしいつまでもお仕えしよう、
手元に金があるかぎりあの方の執事でいよう。（退場）

第三場　森

タイモン登場。

タイモン　ああ、万物《ばんぶつ》を生み出す恵みの太陽よ、

＊1　below thy sister's orb　ギリシャ・ローマ神話では、月の女神アルテミス（ダイアナ）は太陽神アポロン（アポロ）の妹。

＊2　Twinned brothers of one womb　旧約聖書「創世記」第二五章で語られるイサクとリベカの息子たちエサウとヤコブのことだとされる。二人は別々の運命をたどった。

＊3　様々な校訂がなされてきた問題の箇所。Fには It is the Pastour Lards, the Brothers sides,/ The want that makes him leave: とある。問題の元は Pastour と Brothers と leave の三語である。訳者は底本にしているアーデン3を含む九

この大地から腐った湿気を吸い上げ、[*1]お前の妹の月よりも
下界に近づき、大気を汚染させろ！　[*2]ひとつ胎《はら》から生まれた
双子の兄弟は、種がついた時も胎内にいた期間も誕生も同じで
分かち難いが、二人を異なった運命にさらしてみろ、
運のいいほうが悪いほうを馬鹿にする。人間は
あらゆる病魔に襲われるが、大きな幸運という病には耐えられ
ない、
その病に罹《かか》れば必ず劣った生まれの人間を軽蔑する。
こっちの乞食を出世させ、あっちの貴族を落ちぶれさせてみろ、
元老ですら先祖代々の乞食のように軽蔑され、
乞食は生まれながらの貴族のような名誉を得る。
[*3]雄牛を肥え太らすのは牧草だ、
牧草がなければ痩せ細る。いったい誰が――誰が、
自分は男として純粋で真っ直ぐ立つとうそぶき、
「こいつはごますりだ」と言えるだろう？　[*4]一人が
ごますりなら、みんなそうだ、なぜなら運命の階段はすべて
その下の段のごますりを受けるからな。学のある頭は

種類の原文テクストに当たっているが、すべてに一致する校訂はPastour（これを語源とするpastorなら「羊飼い、牧者、牧師」）→pasture（牧草地、牧草）、leave（去る、残す／許し、いとまごい）→lean（痩せた）。ばらばらなのはBrothersで、これをbrothers'としているのはニューケンブリッジ版など五種、rother's（雄牛）との校訂はアーデン3とNHKシェークスピア劇場版（ピーター・アレグザンダー版）。ニューペンギン版はwethers'（去勢した雄羊、雄山羊）、オックスフォード版はbeggar's（乞食の）としている。

＊4　every grece of fortune/ Is smoothed by that below.

金のある阿呆にぺこぺこする。何もかも歪《ゆが》んでいる、
この呪われた人間界には一貫したものなど一つもない、
あるのは徹底した悪だけだ。だから
あらゆる宴会、交際、人の集まりは忌み嫌われろ！
俺に似たやつを、いや俺自身を、タイモンは侮蔑《ぶべつ》する。
破壊よ、人類をその牙《きば》でくわえ込め！　大地よ、*1草木の根をくれ。　（地面を掘る）
それ以上のものをお前に求めるやつの口の中は
猛毒でただれるがいい。――なんだ、これは？
金貨か？　黄色くきらめく貴重な黄金《おうごん》か？
いや、神々よ、俺はいい加減な嘆願をしたのではない。
根っこをくれ、澄み切った天よ！　だが*2こいつもこれくらいあれば、
黒を白に、きたないものを綺麗に、邪を正に、
下賤を高貴に、老いを若さに、臆病を勇気に変えられるだろう。
はっ、神々よ、なぜこんなことを？　何だ、これは、神々よ、
ああ、

本作の少し前に書かれたとされる『トロイラスとクレシダ』一幕三場でユリシーズが似たようなことを言う、「将軍は一階級下の武将にあなどられ（The general's disdain'd by him one step below）、武将はその部下に、部下はまた一段下の者にあなどられる」（ちくま文庫版四八頁）。

＊1
根っこ（roots）を求めたのに黄金が出てきた皮肉は、新約聖書「テモテへの第一の手紙」第六章第一〇節「金銭を愛することは、すべての悪の根である（For the love of money is the root of all evil:）」を踏まえているとも考えられる。

＊2
Thus much of this「こいつ（this）」は掘り出され

こんなことをすれば、あなた方に仕える神官や従者をあなた方
のそばから引き離し、
*1丈夫な男たちの頭の下から枕を引き抜いて殺すことになる。
この黄色の奴隷は
信徒たちをひとつにまとめたり離散させたりし、呪われた者を
祝福し、
*2白癩《びゃくらい》病みを崇《あが》めさせ、盗人《ぬすっと》を高い地位につけて
元老院議員なみの称号や威光や権威を与えるのだ。
使い古しの後家さんを再婚させるのもこいつだ、
膿みただれた潰瘍だらけの病人でさえひと目見て
吐き気をもよおすような女でも、この保存料を振りかければ
再び四月の花と咲き誇れる。さあ、罰当たりな大地め、
諸国の暴民どもの間に争いを起こすお前は
人類に抱かれる淫売だ、これから俺がお前の
本領を発揮させてやる。（遠くで進軍の音）はっ？　太鼓か？
敏捷《びんしょう》な
お前は生き埋めにしておこう。強力な盗人め、お前の番人ども

た黄金（金貨）のこと。

＊1
(This will) pluck stout men's pillows from below their heads. 寝ている人間の頭の下から枕を引き抜くのは、瀕死の病人を楽に死なせるために行われたことだが、ここでは「丈夫な(stout)」な男たちを殺すという含みがある。

＊2
Make the hoar leprosy adored. 当時、皮膚が白いかさぶたで覆われるハンセン病（hoar leprosy）は、梅毒から感染すると思われていた。ちなみにhoar（霜のような、白い）とwhore（娼婦）は同音。

が痛風で立てなくなっても、お前らは好き勝手に歩き回れるだろう。

いや、少しは内金《うちきん》として取っておこう。（金貨を少し取り分ける）

アルシバイアディーズが、鼓笛隊[*1]と共に武装して登場。フライニア[*2]とティマンドラが続く。

アルシバイアディーズ　何者だ、そこにいるのは？　言え。

タイモン　獣《けだもの》、お前と同じだ。お前の心臓など潰瘍に食われてしまえ、俺にまた人間の目を見せた罰だ！

アルシバイアディーズ　名は何という？　人間がそんなに憎いか、お前自身が人間なのに？

タイモン　俺の名はミザントロポス[*3]、その名のとおり人間が大嫌いだ。

＊1
...with drum and fife　前者は軍鼓、後者は高音の笛。

＊2
Timandra　プルタルコスの『英雄伝（*Lives*）』のアルキビアデス（アルシバイアディーズ）の章（上巻三九二頁）にこの名前が出てくる。シェイクスピアが参照したと思われるSir Thomas North訳ではconcubine of Alcibiades and as a courtesan（アルシバイアディーズの愛人で高級娼婦）、十七世紀の文人John Dryden訳ではmistress（愛人、情婦）、村川堅太郎編のちくま文庫版では「芸者のティマンドラ」（！）。

＊3
Misanthropos　普通名詞misanthropeの意味はthe

お前も犬であればよかった、
それなら少しは愛してやれるかもしれない。
アルシバイアディーズ　君のことはよく知っている。
だが君がこんな運命に陥ったとはまったく知らなかった。
タイモン　俺もお前を知っているが、それ以上のことを
知りたいとは思わない。太鼓のあとについて行け、
人間の血で大地を染めろ、真っ赤に、真っ赤に。
宗教の掟《おきて》も国家の法律も残酷だ、ならば
戦争がどうだというのだ？　そこの淫売は恐ろしいぞ、
お前の剣に勝る破壊力がある、
見かけは天使だが。
フライニア　そんな唇、腐って落っこっちまえ！
タイモン＊　お前になどキスするものか、だから病毒は
お前の唇に戻るんだ。
アルシバイアディーズ　気高いタイモンがどうしてこうも変わってしまったのか？
タイモン　月と同じだ、与える光がなくなって変わったのだ、

man-hater（人間嫌い）。

＊ I will not kiss thee, then the rot returns/ To thine own lips again.　この rot を梅毒とする説が多い。梅毒は口唇感染し、キスした相手に移せば、移した方は治ると信じられていた。だが、そうだとするとキスしないのに梅毒がフライニアの唇に「戻る（return）」という言い方には矛盾がある。一方 rot をフライニアの口からでた悪態とする説もあり、キスしてその悪態を受け取ることはしないから、彼女の唇から出た悪態はまた元に戻る、ということになる。

もっとも俺は、月のようにまた満ちることはできない、
俺には光を貸してくれる太陽がないからな。
アルシバイアディーズ　気高いタイモン、
俺が友人としてしてやれることは何かないか？
タイモン　何もない、
俺の意見を支持すること以外は。
アルシバイアディーズ　どんな意見だ、タイモン？
タイモン　友情を約束しろ、だが何ひとつ実行するな。
約束しないなら、神々はお前に罰をくだす、
お前は人間だからな。実行するなら
破滅しろ、どのみちお前は人間だから。
アルシバイアディーズ　君の不幸のことは多少は聞いていた。
タイモン　見ていただろう、俺が富み栄えていたとき。
アルシバイアディーズ　見るのは今だ、あのころの君は恵まれて
いた。
タイモン　淫売二人*にとっ捕まった今のお前のように。
ティマンドラ　これがアテネの寵児《ちょうじ》と呼ばれ

* with a brace of harlots　一義的には a brace of は a pair of（一対の、二人ひと組の）という意味で元々は犬について使われたが、ここでは「淫売という締め具(brace) と共に」という嫌味もこもる。

世界中でもてはやされた人？
タイモン　お前はティマンドラか？
ティマンドラ　ええ。
タイモン　いつまでも淫売でいろ、お前を使うやつらはお前を愛しちゃいない、
やつらに病気をくれてやれ、お前がとっておくのはやつらの性欲だけだ。
お前の発情を利用して、助平どもをむらむらさせた挙句
蒸し風呂*に入れてやり、バラ色のほっぺの若者どもは
禁欲と絶食をさせて、性病を治療してやることだ。
ティマンドラ　首くくられろ、化け物！
アルシバイアディーズ　許してやれ、可愛いティマンドラ、この男の
正気はひどい災難に飲まれて跡形もないのだ。
立派なタイモン、俺もこのところ金欠病だ、
金がないせいで窮乏した兵士どもが毎日のように
反乱を起こしている。俺は伝え聞いて胸を痛めているのだが、

＊　tubs and baths　当時の性病治療法のひとつは大きな木桶（tub）に熱い湯を張り、蒸し風呂状態にしてその湯気に当たるというもの。

あの呪うべきアテネ市民どもは、君の真価にはおかまいなく、君が上げた偉大な功績を忘れている、君の剣と財力がなかったなら

近隣諸国に踏みにじられていたというのに――

タイモン　頼む、太鼓を打ってさっさと消えてくれ。

アルシバイアディーズ　俺は君の友達だ、君が気の毒でならないよ、タイモン。

タイモン　迷惑をかけておいて気の毒がるのか？

アルシバイアディーズ　じゃあ、元気で。

俺はひとりでいたいんだ。

わずかだがこの金貨を。

タイモン　とっておけ、そんなものは食えない。

アルシバイアディーズ　おれが傲慢なアテネを廃墟にした暁には

――

タイモン　アテネを攻めるのか？

アルシバイアディーズ　そうだ、タイモン、俺には大義がある。

タイモン　神々がお前に征服されたやつら全員を破滅させますよ

う、
　征服したあとでお前も破滅させますよう!
アルシバイアディーズ　なぜ俺もなんだ、タイモン?
タイモン　悪党どもを殺し、
俺の国を征服するよう生まれついたからだ。
その金はしまっておけ。さあ、やれ、この金を取れ、やるんだ。
星の祟りの疫病になったつもりでやれ、ちょうどジュピターが
悪徳だらけの街をすっぽり包む腐った空気に毒を吹き込むとき
の
ように断固として。剣をふるえ、一人も目こぼしするな。
髭が白いからといって元老に憐れみをかけることはない、
やつらは高利貸だ。見かけだおしの奥方様は叩っ斬れ、
貞淑なのは服装だけ、中身は
淫売だ。処女の恥じらう頰に惑わされ
[*1]お前の鋭い剣を柔《やわ》にするな。胸元からのぞき
男の目に穴をうがつほどとんがった乳首は、
[*2]情けをかけるべきもののリストにはない、

＊1
Make soft thy trenchant sword. この trenchant sword(鋭利な、よく切れる剣)とはペニスの謂。

＊2
Are not within the leaf of pity writ. 直訳すれば「憐れみのページには書かれていない」。新約聖書「ヨハネの黙示録」第二〇章第一二節にある「いのちの書(the book of life)」への言及とされる。「死人はそのしわざに応じ、この書物に書かれていることにしたがって、さばかれた」。

恐ろしい裏切り者と記されている。赤ん坊も容赦するな、
えくぼの笑顔に慈悲を施すのは馬鹿だけだ、
そいつを、やがてお前の喉を掻っ切るという
謎めいた神託を受けた私生児とみなし、
残忍非道に切りきざめ。*何を見聞きしても
断じて心を動かすな、耳も目も鎧で武装し、
母親や娘や赤子が泣こうが喚《わめ》こうが、
聖なる衣をまとった司祭が目の前で血を流そうが、
その鎧には傷ひとつつけさせるな。この金で兵士に給料を払え
——
大混乱を巻き起こせ、そして、お前の憤怒《ふんぬ》が収まったら、
自滅しろ。何も言うな、行け！

アルシバイアディーズ　まだ金貨を持っていたのか？　くれる金
は受け取るが、
君の指図すべてを受け取る気はない。

タイモン　受け取ろうが受け取るまいが、天の呪いがお前に降り
かかれ！

＊ Swear against objects. この objects の解釈に二説ある。一つは objects of compassion（憐憫の対象）もう一つは objections（抗議、反対）。ここでは前者を採ったが、後者なら「抗議の声には断じて耳を貸すな」。

フライニアとティマンドラ　あたしたちにもお金ちょうだい、いい人ね、タイモン、もっとあるんでしょ？

タイモン　ある、娼婦に商売をやめると誓わせ、
淫売宿を開業させるくらいの金はな。売女《ばいた》ども、
[*1]スカートの裾を高くまくり上げろ。お前らの誓言《せいごん》は信用できないが、
誓いは立てるだろう――誓いを立て続けろ、
激しい痙攣《けいれん》を起こし、天にも昇る熱と痛みに襲われるまで誓いを立てろ、
不滅の神々はお前らの誓いをお聞きになる。いや誓言はやめておけ、
俺はお前らの本性のほうを信用する。いつまでも淫売でいろ、
信心深い言葉でお前らを改心させようとするやつには、
あくまでも淫売で押し通し、そいつを誘惑し、燃え立たせて病気を移してやれ、
お前らの割れ目の奥で燃える火でそいつの説教の煙を圧倒しろ、
心変わりするな。[*2]だがお前らの病苦の月日は

＊1　Hold up, you slut, Your aprons mountant. ここのapron(s)はスカートのこと。タイモンが金貨を投げ込む入れ物になるわけだが、裾を高くつまみ上げれば両腿があらわになり、娼婦の商売を思い起こさせる。

＊2　FではYet may your pains six months be quite the contrary.（お前らの痛みの六カ月は真逆になれ＝変節しろ）となっているが、「六カ月」が意味不明なため、オックスフォード版とアーデン3はpains six monthsをpain-sick monthsと校訂している。

変わらず続くがいい。そして梅毒で禿げたお前らの頭に死人の髪の毛で
作った鬘《かつら》を――縛り首になったやつの毛も混じっているかもな
――とにかくそういう鬘をかぶり、たぶらかせ。いつまでも淫売でいろ、
その面《つら》を、馬が踏んだらはまり込むほど厚塗りしろ。
皺《しわ》なんぞ糞食らえ！
フライニアとティマンドラ　ねえ、お金もっと、それから？
嘘じゃない、お金をくれたらあたしたち何だってする。
タイモン　梅毒の種を蒔いて
人間の骨を脆《もろ》くし、脛《すね》に激痛を走らせて
足腰もあそこも立たなくしてしまえ。弁護士の喉をつぶし、
その結果二度と不正な所有権を主張したり、
かん高い声で屁理屈をこねたり出来ぬようにしてやれ。
肉欲を叱責しながらその実自分の言うことを
信じていない神官を病毒で黴《かび》だらけにしろ。鼻をもげ、

ぺしゃんこにしろ、私利私欲を優先させ
一般の幸福をないがしろにするやつの鼻っ柱《ぱしら》を
むしり取るのだ。巻き毛を垂らしたごろつきを禿げ頭にし、
無傷で戦場から戻り手柄話をする大ボラ吹きに
苦痛をなめさせろ。人間すべてに取り憑《つ》き、
せっせと働いてありとあらゆるものを
立たなくしてしまえ。さあ金だ、もっとやるぞ。
誰も彼も地獄に落とせ、お前ら自身はこの金で地獄落ちだ、
一人残らずどぶにはまって野垂れ死にしろ！

フレイニアとティマンドラ　もっとお説教してもっとお金を、気前のいいタイモン！

タイモン　もっと淫売しもっと悪事を働くのが先だ——今やったのは手付けだ。

アルシバイアディーズ　太鼓を打て、アテネに向けて進軍だ。さようなら、タイモン、
首尾よく勝利したらまた訪ねてこよう。

タイモン　首尾よく望みがかなうなら、お前には二度と会わない

だろう。
アルシバイアディーズ　俺が君に害を加えたことは一度もない。
タイモン　あるさ、俺を褒めたじゃないか。
アルシバイアディーズ　それを害と言うのか？
タイモン　人間だれもが毎日経験している害悪だ。さっさと行け、お前のビーグル犬どもを連れて。
アルシバイアディーズ　ここに居れば怒らせるだけだな、太鼓を打て。

（太鼓の音。タイモンを残して一同退場）

タイモン　人間の薄情さには吐き気を催しているが、生身《なまみ》である以上腹は減る。（地面を掘る）母なる大地よ、お前の底なしの子宮と無限の乳房は万物を生み育て、同じ成分によって
お前の傲慢な子供である人間は慢心してふくれあがる、お前は
黒いヒキガエル、青いマムシ、金色のイモリ、
目のない毒トカゲ、そのほか太陽神ハイペリオン*の

* Hyperion　ギリシャ神話のヒュペリオン、「高きを行くもの」の意。ティタン神族の一人で、大地ガイアと天空ウラノスの息子。太陽神ヘリオスの父ともその別名ともされる。太陽光線を象徴する黄金の弓矢を持つアポロンは、やがて太陽神と混同され、ヘリオスと同一視されるようになった。

精気みなぎる輝きが及ぶ大空の下の
ありとあらゆる忌まわしい生物を生み出す――
頼む、人間すべてを憎悪するこの男に
お前の豊穣な胸から細い根っこを一本分けてくれ。
絶え間なく孕《はら》むお前の肥沃な子宮を枯渇《こかつ》させ、
恩知らずな人間などもう一人も産ませるな。
みごもって腹ぼてになるのはトラや竜《りゅう》、オオカミやクマにして
おけ、
地表というお前の面《つら》が、*頭上の大理石の宮殿に
これまでお目見えさせたことのない新種の化け物を
産んでもいい。――ああ、根っこだ、有難い！――
お前の髄《ずい》も葡萄の木々も耕作地も干上がらせろ、
そんなものがあるから恩知らずな人間は、甘ったるい酒や
こってりした食い物で純な心を腐敗させ、その結果
思考力を残らずなくしてしまう――

アペマンタス登場。

* the marbled mansion　大空を大理石になぞらえる表現は他にも例がある。『シンベリン』五幕四場（ちくま文庫版二一二頁）、『オセロー』三幕三場（ちくま文庫版一四二頁）。

また人間か？　くたばれ、くたばれ！

アペマンタス　ここにいると聞いて来た。あんたは俺の流儀を真似て実行しているそうだな。

タイモン　それはだな、俺が真似たくなるような犬をお前が飼っていないからだ。貴様など、梅毒にとっつかれろ！

アペマンタス　そんなこと言うのはあんたが病気だからだ、運命が変わったせいで、哀れで女々しい憂鬱症にかかってるんだ。なぜシャベルを使ってる、こんなところで、奴隷みたいななりをして、そんな暗い顔をして？　あんたのごますりどもは絹をまとい、ワインを飲み、柔らかなベッドで香水をぷんぷんさせた病気持ちの淫売を抱き、タイモンて男がいたことなんかきれいに忘れてるぞ。あら探しをする皮肉屋の真似をしてここの木々を辱《はずかし》めるな。今度はあんたがごまをすって出世しろ、あんたはそれで破滅に追い込まれたんだ、今度はあんたが駆使しろ。膝を折り、

にじり寄った相手の鼻息であんたの帽子を
吹き飛ばさせろ。そいつの劣悪な性格を褒めそやし、
素晴らしいと言ってやれ。あんたもそう言われた、
どんな悪党でも近寄ってくる者には耳を貸した、
客なら誰であれいらっしゃいませと言う飲み屋の給仕
みたいにな。落ちぶれて宿無しのごろつきになるのも
自業自得だ。また金持ちになってもごろつきどもに
巻き上げられるのがオチだ。俺の真似はするな。

タイモン　お前の真似をするくらいなら自分を投げ捨てる。

アペマンタス　自分ならもう捨てたじゃないか、いかにもあんた
らしく
これまでは気違いになり、今は阿呆になって。なんと、
この寒風《かんぷう》があんたの荒っぽい侍従になり、あんたのシャツを
予《あらかじ》めあっためてくれると思うのか？　鷲《＊わし》よりも長生きな
この苔むした木々が、お小姓になってあんたに付き従い、指示
通りに
跳び回ってくれるのか？　氷の張った冷たい小川の水が、

＊　鷲（eagle）は長寿だと伝統的に考えられていた。

*温かな滋養飲料となって、前の晩の暴飲暴食のせいで
まずくなった口を癒すのか？　裸の生ま身に
執念深い天の悪意を浴びている生き物たちを呼べ、
むき出しのまま住処《すみか》もなく
激しい風雨に耐えている獣《けもの》たちを呼び集めろ、
そしてあんたにごまをすれと命じるんだ、
ああ、そうしたら分かるだろう――

タイモン　お前が馬鹿だと分かる。失せろ。
アペマンタス　俺はいま前よりあんたが好きになった。
タイモン　俺はますますお前が嫌いになった。
アペマンタス　なぜだ？
タイモン　惨めな者にごまをするからだ。
アペマンタス　ごまなんかすっちゃいない、あんたがみじめだと
言ってるだけだ。
タイモン　なぜ俺を探しにきた？
アペマンタス　嫌がらせのためだ。
タイモン　悪党か馬鹿の常套手段だ。

＊caudle　パンかオートミールの粥に、卵、砂糖、スパイス、ワインまたはビールを入れた温かい滋養飲料、コードル。

そんなことをして楽しいか？

アペマンタス　ああ。

タイモン　ほう、お前は馬鹿なだけでなく悪党でもあるのか？

アペマンタス　そんなにむさ苦しくてお寒いなりをしているのがあんたの自尊心を懲《こ》らしめるためなら結構なことだ。だがあんたは心ならずもそうしている。乞食でなくなればまた宮廷人《きゅうていじん》に戻る気だ。みずから求めた貧困は不確かな栄耀栄華より長生きし、さっさと満足という王冠をいただく――
一方は絶えずもっといっぱいにと求めて決して満たされない、だが
もう一方は高い望みも叶うのだ。最良の境遇にあっても満足がなければ苦しみばかりの悲惨なものだ、最悪の境遇に置かれて満足しているよりずっと悪い。あんたみたいに惨めなら死にたくなって当然だ。

タイモン　俺より惨めなやつに言われて死ねるか。お前は運命の優しい腕に抱かれて可愛がられたことのない

奴隷だ、生まれながらの犬だ。
お前だって俺のように、初めておしめを当てられた時から
束の間のこの世が差し出す甘美な階段を一段ずつ
昇ってゆき、言いなりになる下郎《げろう》どもを
顎《あご》で使う身分になっていれば、どえらい乱痴気騒ぎに
身を投じ、自分の若さを様々な女相手の情欲のベッドに
溶かしてしまい、理性から生まれる氷のように冷静な諫《いさ》めには
耳も貸さず、目の前にある甘い戯《たわむ》れの
あとを追っているだろう。だがこの俺は——
俺にとってこの世は菓子屋だった、
人々の口、舌、目、心がいつでも使ってくれと
控えていた、俺一人では使いきれないほどだった、
やつらはまるで柏の大木に繁る葉のように、数かぎりなく
俺にくっついていた、それが冬の風のひと吹きで
枝という枝から散ってしまい、いまの俺は
どんな激しい嵐にも丸裸の身をさらしている——これに耐える
のは、

良い暮らししか知らない俺にはちょっとした難儀だ。
お前は端《はな》から逆境に育ったから
苦労には慣れている。そのお前がなぜ人間を憎悪する？
誰もお前にはごまをすらなかった。お前、やつらに何か与えたか？
お前が悪態をつくとすれば、相手はお前の親父しかいない、
哀れなごろつき親父は嫌がる女乞食に
*1ナニを突っ込んで、哀れなごろつき二代目の
お前をこしらえたんだ。行け、失せろ！
最下等の人間に生まれていなければ
お前はごますりの悪党になっていた。

アペマンタス　そんなになってもまだ偉そうにしてるんだな？

タイモン　*2そうだ、お前じゃないから俺は偉いんだ。

アペマンタス　そうか、俺は浪費家じゃないから偉い。

タイモン　そうか、俺はいま浪費家だから偉い。
仮に俺の全財産がお前の中にしまいこんであっても、
首くくりやがれと言ってやる。失せろ。

＊1
（Thy father）in spite put stuff to some she-beggar... 品のない訳語になったが、Gordon Williams編著の『シェイクスピアとスチュアート朝文学における性的言語とイメージ辞典』ではこの stuff を「性器（sexual organ）」とし、『アテネのタイモン』のこのくだりを例文として挙げている。

＊2
Ay, that I am not thee. 一幕一場での二人のやりとり（二三頁）「偉そうな態度だな、アペマンタス／タイモンみたいじゃないから俺は偉いんだ」（Thou art proud, Apemantus./Of nothing so much, as that I am not like Timon.）の仕返し。

こいつにアテネの全生命がこもっていればなあ！　（根っこを食べる）
こうして食ってやる。

アペマンタス　そら、あんたのご馳走をましにしてやろう。（食べ物を差し出す）

タイモン　まず俺の話し相手をましにしろ、お前を連れ出せ。

アペマンタス　そうなりゃ俺の話し相手もましになる、あんたの相手をしないですむからな。

タイモン　それじゃあ大してましにならん、ますますひどくなる。そうだとしても、いなくなって欲しい。

アペマンタス　何かアテネに持ってって欲しい伝言があるか？

タイモン　お前をつむじ風に乗せて持ってって欲しい。なんなら俺が金貨を持ってると教えてやれ――見ろ、ここにある。

アペマンタス　ここじゃ金なんか使い道がない。

タイモン　最良最善の使い道だ、ここで眠ってりゃ雇われて害を及ぼすこともない。

アペマンタス　夜はどこで寝るんだ、タイモン？

タイモン　上にあるものの下で。昼はどこで食うんだ、アペマンタス？

アペマンタス　俺の胃袋が食い物を見つけるところで、というより俺が食うところで。

タイモン　毒が人の言いなりになり、俺の気持ちを知ってくれればなあ。

アペマンタス　毒をどこへ送り込みたいんだ？

タイモン　お前の食い物の味付けに使う。

アペマンタス　あんたは人間の有り様《よう》の両極端を知ってはいるが、中間は知らない。あんたが金貨に埋まり香水をぷんぷんさせてた頃は、何でも凝りすぎるんでみんなの笑い者だった。ボロにくるまってる今はその真逆だから馬鹿にされるんだ。そら、カリンの実をやろう、食え。

タイモン　俺は嫌いなものは食わん。

アペマンタス　カリンが嫌いか？

タイモン　嫌いだ、お前にそっくり*だからな。

アペマンタス　あんたがもっと早くカリンならぬ「ごますりん」どもを嫌いになってりゃ、今頃はもっと自分を愛してるだろうに。

＊ medlar　セイヨウカリン、腐りかけたときが食べごろだとされる。発音がmeddler（干渉する者、おせっかい。もとは動詞のmeddle＝干渉する、いじくる、ちょっかいを出す、転じて「性交する」）と同じなので、しばしば卑猥な地口や言葉遊びに使われる。アペマンタスに「ごますりん」という苦しいダジャレを言わせた原文もmeddlers。またカリンの果実は、先端が割れているところから、女性性器や娼婦の謂でもある。『尺には尺を』四幕三場、ちくま文庫版一五三頁参照。

そもそも資産がなくなったあとも愛されてる浪費家がいたか？[*1]
タイモン　そもそも資産がないのに愛されてるやつがいたか？
アペマンタス　いた、俺だ。
タイモン　そういえばお前にも犬を飼うくらいの資産はあった。[*2]
アペマンタス　この世でごますりに一番似てるのは何か分かるか？
タイモン　一番似てるのは女だ。男は――男はごますりそのものだ。もしこの世界がお前の意のままになるとしたら、どうしたい？[*3]
アペマンタス　けだものにくれてやる、人間を追っ払うために。
タイモン　お前自ら人類の破滅に巻き込まれてけだものになり、けだものと一緒に生き残りたいのか？
アペマンタス　そうだ、タイモン。
タイモン　けだものじみた野心だな、神々がその野心を叶えてくれることを祈るよ。お前がライオンになればキツネがお前を騙《だま》す。子羊になればキツネがお前を食う。キツネになれば、お前がいくら馬鹿なロバに非難されてもライオンはお前を信用しない。ロバ

＊1　What man didst thou ever know unthrift that was beloved after his means? このafter his meansという フレーズの解釈には二説ある。一説はここに訳出したafter the loss of his means（資産がなくなったあとも）。もう一説はaccording to his means またはin accordance with his means（彼の資産に応じて、資産次第で）。

＊2　Thou hadst some means to keep a dog. 要はアペマンタスを愛するのは犬だけだということ。だが、「犬」をアペマンタス自身とする解釈も成り立つ。タイモンはアペマンタスを「生まれながらの犬」と言っている（一四〇頁）。

になれば、お前は自分の愚鈍さに苦しめられ、いつまでたってもオオカミの朝飯《あさめし》になるしかない。オオカミになれば自分の食い意地に悩まされ、晩飯を確保するためにしょっちゅう命を危険にさらす。一角獣*1になれば誇りと怒りで錯乱し、憤怒がお前自身を征服する。熊*2になれば馬に蹴り殺される。馬になれば豹に捕まる。豹になればライオンの親類になる、豹の*3お前は斑点だらけだがご親族のライオンには汚点欠点がある、そのせいでお前の命はあやうくなる。お前の唯一の安全策は遠く離れていること、唯一の防護策はその場にいないことだ。どんなけだものになれば別のけだものの餌食にならずにすむ？　けだものに変身したら大損だぞ、それが分からないとは何たるけだものに成り果てたのか！

アペマンタス　あんたの言葉で俺を喜ばせたいなら、今のひと言で大成功。アテネ共和国は今やけだものが棲む森だ。

タイモン　なんと！　ロバがアテネを囲む石壁を蹴破ったのか、お前が街を出てここに来たところを見ると？

アペマンタス　あっち*4から詩人と絵描きがやってくる。人づきあいって疫病にとっつかれろ！　病気を移されるといやだから俺は

*3
Men are the things themselves. 男は「ごますり」に似ているどころか「ごますりそのもの」と解釈したが、男は「モノ」だ、という解釈も成り立つ。

*1
『ジュリアス・シーザー』二幕一場（ちくま文庫版六四頁）のディーシアスの台詞に、シーザーがおだてに弱いという文脈で一角獣（ユニコーン）の捕まえ方への言及がある。ここでは、怒りに駆られた一角獣が、木に追い上げられたライオンに突進して幹に角を突き立てて動けなくなり、ライオンに食い殺されるという言い伝えがあると思われる。

*2
熊と馬はひと目見ただけで死闘を始めるほど仲が悪い

おさらばするよ。ほかにすることがなくなったらまた会いにこよう。

タイモン　お前のほかに生き物がいなくなったら歓迎してやろう。俺は、アペマンタスになるくらいなら犬になりたい。

アペマンタス　あんたは生きてる全阿呆の頂点だ。

タイモン　お前がもう少し清潔なら唾《つば》を吐きかけてやるんだが。

アペマンタス　疫病にとっつかれろ、あんたは悪すぎて呪うこともできん。

タイモン　悪党という悪党もお前に比べれば純粋無垢だ。

アペマンタス　あんたの言うことは業病《ごうびょう》そのものだ。

タイモン　お前の名前を言うときはな。殴ってやりたいが、手がよごれるからやめておこう。

アペマンタス　この舌でその手を腐らせぽろっと落としてやりたいよ！

タイモン　失せろ、疥癬《かいせん》病みの犬の子め！お前が生きているという怒りが俺を殺す――見ているだけで気が遠くなる。

とされた。（一四五頁）

＊3
The spots of thy kindred were jurors on thy life. 直訳すれば「お前の親戚のスポットがお前の命の陪審員だ」。このspotsにはmoral blemishesとかcrimeと解釈できる「汚点」という意味だが、文脈上「豹の斑点」という意味を重ねた言葉遊びになっている。それを踏まえ、いささか嚙み砕きすぎだがこのように訳した。

＊4
詩人と画家が実際に登場するのは五幕一場になってから。シェイクスピアは構想を変えたのだが、この部分をうっかりそのまま残してしまったと思われる。

アペマンタス　だったらその怒りで破裂すりゃいい！
タイモン　失せろ、ごろつき、お前にはうんざりだ！
お前に投げつけるには石一個でももったいない。
アペマンタス　けだもの！
タイモン　奴隷！
アペマンタス　ヒキガエル！
タイモン　ごろつき、ごろつき、ごろつき！
俺はこの嘘まみれの世界がつくづく嫌になった、
[*1]この世の必要不可欠なもの以外は何も愛さない。
だからタイモン、いますぐお前の墓を用意しろ。
海のふわふわした泡が日々お前の墓石を打つあたりに
横たわれ。俺の死が他人の生を笑い飛ばすような
墓碑銘を作るのだ。
（金貨に向かって）国王をも殺すかわいいやつ、血のつながった
息子と父をも切り離す愛《いと》しいやつ、[*2]婚姻の神ハイメンの
この上なく清らかなベッドを汚《けが》す光り物、

＊1　the mere necessities upon't　その最たるものが死であり墓。

＊2　Hymen　ギリシャ・ローマ神話のヒュメナイオスまたはヒュメーン。結婚式の参列者がその名を叫ぶ習慣があり、結婚の行列を導く神とされた。

[*1]軍神マルスのように不義密通を働く浮気者、
常に若く、瑞々しく、愛らしく、優雅に言い寄る者よ、
お前の頬の赤らみは[*2]処女神ダイアナの膝に積もる
聖なる雪さえ融かすだろう。ああ、この目に見える神よ、
お前は両立し難いものを結合させ、
キスさせる、お前はあらゆる言語をしゃべり、
あらゆる目的を遂げさせる。ああ、お前は心の試金石だ、
お前の奴隷である人間を謀反人だと思え、そしてお前の力で
奴らを争わせ破滅させてしまえ、そうすれば
この世がけだものの帝国になる。

アペマンタス　そうなって欲しいもんだ、ただし
俺が死んでから。あんたが金をもってると言い触らそう、
すぐに大勢押し寄せてくるぞ。

タイモン　押し寄せてくる？

アペマンタス　うん。

タイモン　行ってくれ、頼む。

アペマンタス　生きてゆけ、お前の惨めさを大事にして。

＊1
ローマ神話の戦の神（ギリシャ神話のアレスに当たる）は、鍛冶屋の神ウルカヌス（ヴァルカン）の妻である美と愛の女神ウェヌス（ヴィーナス）を寝とった。ここでは結婚を汚す者として呼びかけられている。

＊2
Dian　ローマ神話のディアナ、月の女神で処女性と狩猟の守護神。ギリシャ神話のアルテミスに当たる。

タイモン　そのまま長生きし、そのまま死ね！　もう手を切る。（引き下がる）

アペマンタス　人間もどきがもっと来た。やつらを食え、タイモン、そして憎め。（退場）

*山賊たち登場。

山賊1　その金貨ってのをやつはどこで手に入れたんだ？　どうせ端金《はしたがね》、使い残しの小銭だろう。完全に金をなくし、友達にも見捨てられたんで憂鬱病にかかったんだ。

山賊2　たんまり持ってるって話だぜ。

山賊3　直《じか》に当たってみるか。金なんかどうでもいいと思ってるならあっさり寄越すだろう。がめつくがっちり握ってるなら、どうやって頂戴するか？

山賊2　そうとも、身につけてないなら隠してるんだ。

山賊1　あれがそうじゃないか？

山賊2と3　どこだ？

＊　Thieves　FではBandettiとなっている。これをアレグザンダー・ポープがThievesと校訂。前者はイタリア語のbanditi（単数形はbandito）から来ている。現代英語ではbandit（山賊、追い剝ぎ、強盗）。アルシバイアディーズは自分の軍について「金がないせいで窮乏した兵士どもが毎日のように反乱を起こしている」（一二七―八頁）と言っているが、彼らはその「窮乏した兵士」かもしれない。三人揃って「兵士だ、泥棒じゃねえ（Soldiers, not thieves.）」と言っているし。

山賊2　噂どおりの格好だ。
山賊3　やつだ、俺はやつを知ってる。
山賊全員　こんちは、タイモン。
タイモン　やあ、泥棒ども。
山賊全員　兵士だ、泥棒じゃない。
タイモン　兵士で泥棒、で女どもの息子だ。
山賊全員　俺たちは泥棒じゃない、だがひどく困ってる。
タイモン　貴様らがいちばん困るのは食い物がないことだろう。
なぜ困る？　見ろ、大地を掘れば草木《くさき》の根がある、
一マイルも行けば泉が湧くところが百カ所もある、
柏の木には柏の実が、野ばらには野ばらの赤い実がなり、
大自然という気前のいい主婦は、どの茂みにも料理を
いっぱい並べてお前らを待っている。困るだと？　困るわけが
ない。
山賊1　俺たちは根っこや木の実や水じゃ生きていけない、
けだものや鳥や魚じゃあるまいし。
タイモン　けだものや鳥や魚を食っても駄目だろう――

貴様らは人を食わなきゃ生きていけないんだ。だが礼を
言わなきゃならないな、貴様らは泥棒のプロで聖職者めいた仕
事着を
着てもいない、何しろ限られた立派な職業に就《つ》いていながら
限りなく盗みを働くやつらがいる世の中だ。やくざな泥棒ども、
さあ金だ。危険が潜む葡萄の血[*1]をすすりに行け、
貴様らの血がぶくぶく沸騰するまで呑んだくれて死ねば、
縛り首にならずにすむ。医者を信用するな――
出してよこす解毒剤は毒だ、医者は貴様らが盗む以上に
殺している。奪うなら金も命もまとめて奪え、
悪事を働け、やれ、貴様らは自他共に認める
腕利きの泥棒職人だ。泥棒の先例を列挙してやろう、
太陽は泥棒だ、強大な吸引力によって
大海原から盗んでいる。月も大泥棒だ、
[*2]青白い火を太陽から掠《かす》め取っている。
海も泥棒だ、あの大波は月を溶かして
塩辛い涙にしてしまう。大地も泥棒だ、

＊1　blood o'th' grape　赤ワインのこと。

＊2　pale fire　ウラジーミル・ナボコフの小説のタイトルになっている。

万物の排泄物から盗んだ堆肥《たいひ》でものを養い育てる。何もかも泥棒だ。貴様らを取り押さえて鞭打つ法律も、粗暴な権力を揮《ふる》う天下御免の泥棒だ。おのれを愛してはならん、失せろ！　お互いに盗み合え――そら、もっと金をやる。喉を掻っ切れ、貴様らが出会うのはみな泥棒だ。アテネへ行って商店を襲撃しろ、*貴様らが盗めるのは失くすもののある泥棒からだけだ。俺がこの金貨をやったからといって、盗みを控えるな、どのみち貴様らは金で破滅するがいい。アーメン。　（洞窟のほうへ引き下がる）

山賊3　あいつの「やれ」という呪文のせいで俺はこの商売をやめたくなった。

山賊1　やつがああして勧《すす》めるのは人類が憎いからだ、俺たちの商売を繁盛させるためじゃない。

山賊2　俺はあいつの言うことを敵の忠告だと思ってこの仕事から足を洗うよ。

山賊1　アテネの平和を確かめてからでも遅くない。泥棒が真っ

＊ nothing can you steal/But thieves do lose it. この文脈から thieves は彼らが襲撃する商店の店主たち。彼らも泥棒だ、泥棒からしか盗むことはできない、失くすべき金品を持たない正直者からは盗みたくても盗めない、と言っているのでは？

正直になれないくらい悲惨な時代、つまり平和な時代なんてない
からな。　（山賊たち退場）

フレヴィアス登場。

フレヴィアス　ああ、神々よ！
落ちぶれて、まるで廃墟のようなあの男がご主人か、
朽ち果て弱り切ったあの男が？　ああ、善意の施し方を
間違えた驚異の記念碑！
絶望的な欠乏のせいで名誉あるお姿がこうも変わってしまうの
か。
友人よりも邪悪なものがこの世にあるか、
最も気高い精神を最も卑しい末路に追い込むのだから。
汝《なんじ》の敵を愛せという教えが
今の世の流れに何と見事に合うことか。
神々よ、願わくは、私に害を及ぼそうとする者を、
実際に害を及ぼす者よりも愛し、その愛を求められますよう。

俺を目に留められたな、嘘偽りない悲しみを
お見せして、ご主人として終生変わらず
命をかけてお仕えしよう——大事な旦那様！
タイモン　失せろ！　何者だ、お前は？
フレヴィアス　私をお忘れですか？
タイモン　なぜそんなことを訊く？　俺は人間をみな忘れた。
だから、お前が人間だと認めるなら、俺はお前を忘れた。
フレヴィアス　あなた様の正直で哀れな召使いでございます——
タイモン　ならば俺はお前など知らん。
俺のまわりに正直者がいたことなどただの一度もない、そうとも。
俺が抱えていたのは悪党どもに食い物を出すごろつきだけだ。
フレヴィアス　神々が証人です、
私の目はあなた様のために涙を流しておりますが、哀れな執事が
破滅した主人のためにこれ以上真実の悲しみを抱いたことはありません。

タイモン　おい、泣くのか？　ならばもっと側に寄れ。お前を愛しているぞ、
お前が女であり、石の心を持つ人類の男とは無関係だと
その涙が宣言しているからな、男の目が涙を流すのは、やりたくても
やれぬ欲求不満のときか笑うときだけだ。憐れみは目を閉じて眠っている。[*1]
おかしな時代だ、泣いて涙を流すのではなく笑って流すのだから。
フレヴィアス　お願いです、善良な旦那様、私をお認めください、
私の悲しみをお受けください、そしてこのなけなしの財産が続くかぎり、[*2]
あなた様の執事としていつまでもお仕えさせてください。
タイモン　俺に執事がいたのか、
こんなに正直で、こんなに真っ直ぐで、こんなに親身になってくれる執事が？
となると、俺の危険な気質も温和になりかねない。

＊1　Pity's sleeping.「目を閉じて」と補ったが、要は、普通は憐みの情から涙を流すのだが、いまは眠っているから目から涙は流れないということ。
＊2　this poor wealth　フレヴィアスは四幕二場の最後（一二〇頁）で「手元に金があるかぎりあの方の執事でいよう」と言っているが、その金のこと。

顔を見せてくれ。間違いない、この男は
女から生まれた。
永遠《とわ》に冷静沈着な神々よ、誰彼かまわず見境なく
悪態をついた私の軽率さを許したまえ！　私はここに高らかに
宣言する、
正直な男が一人いる。誤解するな、一人きりだ、
それ以上は要らん、その一人とは執事だ。
どんなに俺は人類すべてを憎もうとしたか、
お前はその憎悪をまぬがれたぞ。だがお前以外は
一人残らず呪い殺してやる。
俺の見るところ、お前は正直だが利口ではなさそうだ、
俺を痛めつけて裏切れば、
すぐに別の勤め口にありつけただろうに、
最初の主人を踏み台にして、二度目の主人に
乗り換えるやつはごまんといる。だが正直に言ってくれ——
俺は疑わずにいられないのだ、どんなに大丈夫だと思っても
——

お前の親切には貪欲な裏があり、
利子を当て込んだ親切ではないのか、金持ちどもの
贈り物のやり取りのように、一つやって二十のお返しを
期待しているのでは？
フレヴィアス　いいえ、ご立派な旦那様、いまそのお胸に
疑惑疑念が生まれても、悲しいかな、もう手遅れです。
宴会を開いた時に世間の偽りを懸念なさるべきでした、
疑いは常に資産が底をついて初めて頭をもたげるもの。
天もご存じですが、私がお見せするのは、旦那様の比類ないお
心に
捧げる愛と義務と熱意だけであり、お食事や
身の回りのお世話をしたいという一心です。
信じてください、誉れ高いご主人様、
先々であれ今であれ、私に何か
利益がもたらされるとしたら、それと交換してもいい
願いはただ一つ、旦那様が力と富を手になさり、ご自身が
裕福におなりになって私に報いてくださることです。

タイモン　見ろ、その願いが叶う。お前はたった一人の正直者だ、
さあ、取れ。神々が俺の悲惨を通して
お前に財宝を下されたのだ。行け、豊かに幸せに生きてゆけ、
だが条件つきだ、人から遠く離れたところに家を建てろ。
人間すべてを憎み、人間すべてを呪え、誰にも慈悲をかけるな、
乞食を救ったりせず、餓死しそうなそいつの肉が骨から
ずり落ちるにまかせるのだ。人に何かせがまれたら拒み、それを、
犬にくれてやれ。どの監獄も満杯にしろ、みんな借金で弱り果て
消えて無くなるがいい。人間どもは立ち枯れの林にしてしまえ。
やつらの偽りの血は病気になめ尽くさせろ！
これでおさらばだ、達者でな。
フレヴィアス　ああ、このままここで
お世話させてください、旦那様。
タイモン　呪われたくないなら
ここにいるな。飛んで逃げろ、呪いを浴びぬうちにな、

人間の顔は二度と見るな、俺にも二度とその顔を見せるな。
（フレヴィアス退場、タイモンは引き下がる）

第五幕

第一場　アテネ郊外の森、タイモンの洞窟の前

詩人と画家登場。タイモンは洞窟の中。

画家　場所のことは聞いておきました、あの人が居るのはここから遠くないはずだ。
詩人　どう思えばいいのか？　金貨を山ほど持っているという噂は本当でしょうか？
画家　間違いない。アルシバイアディーズがそう言っているし、フライニアとティマンドラは金をもらった。それに哀れな敗残兵*にもたっぷりくれてやった。執事には巨額の金を与えたそうです。

* poor straggling soldiers　第四幕第三場に登場した山賊のこと。

詩人　じゃあ破産したのは友人たちを試すためだったんですかね?

画家　ほかには考えられない。見ていらっしゃい、あの人はまた*アテネの椰子《やし》の木となり、高々と富み栄えますよ。だから困っていると思われているうちに我々の好意を示しておくのが得策だ。我々は立派な人間だと思われ、遥々やってきた努力が報いられるんじゃないか、彼が金を持っているという噂が本当なら。

詩人　おみやげには何を持ってきましたか?

画家　今日は挨拶だけで。ただし、あとで素晴らしい作品を差し上げると約束はします。

詩人　私もそうしなくては。何か献呈するつもりだと言いましょう。

画家　それが一番だ。約束は現代の流行《はや》りです。期待の目を開かせる。実行はいざとなるとつまらんものです。だから単純素朴な平民以外では、有言実行はまるで流行らない。約束は時代の先端を行く洗練された行為だ。実行は遺言《ゆいごん》状か遺書みたいなもので、実行する本人の判断力が病み衰えた証拠です。

＊　You shall see him a palm in Athens again and flourish.. 旧約聖書「詩篇」第九二章第一二節「正しい者はなつめやしの木のように栄え（The righteous shall flourish like a palm tree.）」を踏まえているとされる。

タイモンが洞窟から出て来る。

タイモン （傍白）素晴らしい絵描きだ、だがさすがのお前にもお前自身ほどの悪人は描けまい。*

詩人 私がどんな構想を持っているかお伝えするつもりです。あの人自身の境遇を象徴的に詠《うた》うというもので、栄耀栄華の頼りなさを風刺すると同時に、若さと富に付いて回る際限ないごますりを暴いてみせる。

タイモン （傍白）貴様、自作の詩で自分を悪党のモデルにしなきゃならないのか？　自分の罪を他人になすりつけて鞭打つつもりか？　存分にやれ、褒美に金をくれてやる。

画家 とにかくあの人を探しましょう。儲かるチャンスを前にしてみすみす摑み損なうのは自分の富に対する罪だ。

詩人 その通り。昼が去らぬうちに、夜の闇が隅々まで行き渡らぬうちに、

＊　一幕一場でアペマンタスは「その画家をこしらえたやつの腕のほうが上だ。それにしても、こいつの出来はお粗末で穢らしいな」と言う（二四頁）が、タイモンはその意見をここで認めたことになる。

欲するものを見いだせ、陽の光が惜しみなく降り注ぐうちに。
さあ。
タイモン（傍白）不意を突いてやるか。
金とはなんたる神だ、豚の餌場《えさば》より
卑しい神殿にあっても崇められるとは！
*船の装備を整えさせ泡立つ海原を進ませるのもお前なら、
奴隷の心に主人への礼賛《らいさん》と敬意を植え付けるのもお前だ――
せいぜい崇拝されるがいい、お前にのみ服従する聖人どもは
永遠に疫病にとっつかれろ。
よし、鉢合わせといくか。
詩人　やあ、ご立派なタイモン！
画家　我らがかつてお仕えした気高い方！
タイモン　正直なお二人にこうして会えるとは、夢ではないか？
詩人　閣下、
我々は閣下のおおらかなご恩恵をたびたび味わったものです、
あなたが隠遁《いんとん》なさり、ご友人たちが疎遠になったと聞きおよび、
ああ、性根の腐った感謝を知らぬ忌まわしい連中だ、

＊一攫千金を狙って大航海に出るということ。

天のありったけの鞭をふるっても足り――
よりによってあなたに、
あなたの星のような気高さがあの連中の全存在に
命を与え感化を及ぼしたというのに？　呆れてものも言えませ
ん、
どれだけ言葉を尽くしてもこの膨大な化け物じみた恩知らずを
覆い隠せはしない。

タイモン　覆わなくていい、むき出しのほうがよく見える。
お二人とも正直だ、正直だからこそ
あの連中の正体がよく見えよく分かるのだ。

画家　この詩人も私も様々な贈り物を浴びるように頂戴し、
本当に有り難く思っていました。

タイモン　そう、お二人とも正直者だ。

画家　我々がこちらへ参ったのはご奉公するためです。

タイモン　実に正直なお二人だ！　いやあ、そのお返しに何をし
よう？
草木の根が食えるか、冷たい水が飲めるか――どうだ？

二人　できることなら何でもします、ご奉公のため。

タイモン　二人とも正直者だ。俺が金を持っていることは聞いているな、

聞いたはずだ、本当のことを言え、正直者じゃないか。

画家　そう聞いていますが、閣下、けれど

友人も私もそのためにここへ来たのではありません。

タイモン　善良な正直者だ！（画家に）あんたはアテネじゅうで*1

いちばん似顔絵がうまい。まったく第一人者だ、

生き写しと言えるくらい似せて描く。

画家　いえ、平々凡々で、閣下。

タイモン　いや、非凡非凡。（詩人に）あんたの作るものだが、

いやあ、あんたの詩には美しく滑らかなものがぎっしり

詰まっているから、人工の技とはいえ天然そのものだ。

だがそれにもかかわらず、天性正直な我が友よ、

二人ともちょっとした欠点があると言わざるを得ない。*2

いや実際、それは化け物じみたものではないし、骨折ってまで

＊1
Thou draw'st a counterfeit/ Best in all Athens: thou'rt indeed the best,/ Thou counterfeit'st most lively. 皮肉を込めてcounterfeitという言葉の二つの意味を使い分けている。最初は名詞で「肖像画」、次は動詞で「偽造する、似せる、偽る、偽物を作る」。

＊2
'tis not monstrous in you 詩人がthe monstrous bulk of this ingratitude（膨大な化け物じみた恩知らず）と言った（一六四頁）ことへの嫌味。

直して欲しいと思うものでもない。
二人 何でしょう、
どうかお教えください。
タイモン 言えば悪く取るだろう。
二人 いえ、有り難く拝聴します、閣下。
タイモン 本当か？
二人 心配ご無用です、ご立派な閣下。
タイモン あんたらはどちらも悪党を信用している、
そいつはあんたを途方もなく騙《だま》しているのに。
二人 そうなんですか、閣下？
タイモン そうだ、そいつが嘘をついて騙すのを聞き、しらばくれるのを見、
ひどいごまかしをするのを知っていながらそいつを愛し、食わせ、
友として大事にしている、だがな、そいつは一部の隙もない
悪党だ、そう心得ておけ。
画家 そんなやつは知りません、閣下。

詩人　私もです。

タイモン　いいか、俺はお前らが大好きだ。金をやるぞ――そういう悪党どもをお前らの仲間から外してくれるなら。絞め殺せ、刺し殺してもいい、肥溜めで溺死させろ、何らかの手を使ってそいつらを片付けたら、俺のところへ来い、たんまり金をやる。

二人　そいつらの名前を、閣下、教えてください。

タイモン　あんたはそっちへ、あんたはこっち、それでもそれぞれ二人ひと組だ、一人ずつ引き離され、たった一人きりでも、大悪党が一緒にいる。（一方に）貴様のいるところに二人の悪党を居させたくないならあいつに近づくな。（他方に）貴様がもし悪党が一人しかいないところにいたいなら、あいつを見捨てろ。（石を投げつける）そら金だ――金目失せろ、消えちまえ！

当てに来たんだろ、奴隷め！
（一方に）絵[*1]を描いてくれるんだろ、そら代金だ、失せろ！
（他方に）貴様は錬金術師だ、これを金《きん》に変えろ。
行け、野良犬ども！
（詩人と画家はタイモンに追われて退場、タイモンは洞窟に入る）

第二場[*2]　前場に同じ

フレヴィアスと二人の元老院議員登場。

フレヴィアス　タイモン様と話をしようとなさっても無駄です、
ご自分のことしか頭になく、
人間の姿をしたものは、ご自分以外すべてを

＊1　You have work for me, there's payment, hence!/ You are an alchemist, make gold of that.　一方には「あなたには私のための作品がある」と言い、他方には「あなたは錬金術師だ、それ（＝タイモンが投げつけるもの）から金を作れ」と言っている。この「作品」が絵なのか詩なのか、つまり前者、後者のうちどちらが画家でどちらが詩人かについては意見が分かれる。卑金属を金に変える技には、つまらぬものも言葉によって素晴らしくする詩の力のほうが合っていると思い、このように訳した。『ソネット集』一一四番では「追従（flattery）」が「錬金術（alchemy）」になぞらえられている。ち

敵視しておいでですので。

元老院議員1　洞窟に案内してくれ。
タイモンと話をするのが、
アテネ市民に約束した我々の務めなのだ。

元老院議員2　どんな時でもそうだが、
人は常に同じとは限らない。彼をこのようにしたのは
時と悲しみだ。*時がもっと公正な手によって
かつての日々の幸運を差し出すなら、
彼をかつての男に作り直すだろう。案内しろ、
あとは成り行き次第だ。

フレヴィアス　ここがその洞窟です。
ここに平安と満足がありますよう！　タイモン様！　タイモン、
お顔を出して友人がたとお話しなさい。アテネ市民が
尊敬すべき元老院議員お二人を使者に立てご挨拶をと。
話をなさいませ、気高いタイモン。

タイモンが洞窟から登場。

なみにFでは「それ」が石だとは特定していない（ト書きはない）。草木の根、ゴミクズ、という考えもある。ニューケンブリッジ・シェイクスピアの脚注によれば、一九七三年にピーター・ブルックがパリのブッフ・デュ・ノール劇場で演出した『タイモン』では大便（むろん作り物だろうが）が投げられたとか！

＊2
本訳の底本のアーデン3はここから新たな場（第二場）にしているが、訳者が参照した他のテクストではノートン版以外すべて第一場の続きにしてある。最初の脚注に記したが、そもそもF所収の本作には幕割り・場割りは「第一幕第一場（Actus Primus. Scaena Prima.）」の他はない。

タイモン　慰めの太陽よ、焼き殺せ！　話をして首をくくられろ！
真実を吐《つ》くたび口は水ぶくれになり、嘘を吐《つ》くたび
舌の付け根まで焼き焦がされ、
舌は喋りながら消滅するがいい。

元老院議員1　敬愛にふさわしいタイモン——

タイモン　*いがみ合いにふさわしい、だろ、お互い様だ。

元老院議員1　アテネの元老院議員一同ご挨拶申し上げる、タイモン。

タイモン　ありがたい、ご一同へのお礼に疫病を届けてくれ、
俺に移っていればお返しできる。

元老院議員1　ああ、忘れてくれ、我々は
あんたに無礼を働いたことを申し訳なく思っているのだ。
元老たちは愛を込め満場一致で
アテネに戻ってくれとあんたに懇願している、そこで
思い出したのが、目下空席になっている特別の官職のことだ、

（一六九頁）

* Time, with his fairer hand.../The former man may make him. 主語は「時（the time）」。The time may make him the former man. と読む。

* 元老院議員１は前行で Worthy Timon（立派なタイモン、尊敬すべきタイモン）と呼びかける。タイモンは worthy の意味を「立派な、尊敬すべき」から「～に値する、～の目に遭って当然、～にふさわしい」という意味にずらし、Of none but such as you, and you of Timon.「お前らのような連中にだけふさわしい、お前らも俺にふさわしい」と嫌味を言っている。

あんたに就任してもらうのが一番似つかわしい。
元老院議員２　元老院は、
あんたへの忘恩は誰の目にも明らかだと認めている。
公の組織が誤りを認めることは滅多にないのだが、
いまはタイモンの助力が必要だと感じ、そのうえ
かつてタイモンに助力を惜しんだことを
おのれの落ち度だと自覚している、そこで
我々二人をこうして派遣して遺憾の意を表《ひょう》し、
彼らの罪を一分一厘まで償ってなお
余りあるものにしようというわけだ。
そう、愛と富とを山と積み上げてあんたに差し出し、
あんたの中に刻まれた蹂躙《じゅうりん》の跡を消し去って、
彼らの愛の数をあんたの胸の帳簿に書き込む、それどころか
アテネ市民とその愛をあんたのものとみなしていい。
タイモン　その申し出には魔力がある、
びっくりして涙がこぼれそうだ。
阿呆の心と女の目を貸してくれ、そうしたら

嬉し泣きしてやるよ、ご立派な議員方。

元老院議員1 そういう訳だから、あんたさえよければ一緒に戻り、我らがアテネの、あんたと我らの祖国であるアテネの、将軍の地位に就いてくれ、そうすればあんたは感謝を込めて迎えられ、

絶対的な権力を授けられ、あんたの名声は末長く権威をふるうだろう。そうすれば我々はただちにアルシバイアディーズの凄まじい襲来を撃退できる、やつは獰猛《どうもう》なイノシシのような激しさで自分の祖国の平和を根こそぎにしてしまう。

元老院議員2 そして威嚇の剣をアテネに向かって振りたてているのだ。

元老院議員1 そういう訳なので、タイモン――

タイモン なるほど、いいだろう。そういう訳なら、こうしよう。もしアルシバイアディーズが俺の同胞を殺すなら、アルシバイアディーズにタイモンがこう言ったと教えてやれ、タイモンはどうでもいいと。だがもしやつが美しいアテネを強

奪し、
立派な老人たちの髭をひっ摑んだり、
聖なる処女たちを横暴で気違いじみた野獣のような
戦争で穢すことになれば、
その時はやつに知らせてやれ、タイモンはアテネの
老人や若者たちを憐れんでこう言ったと告げるのだ、
俺はやつに言わずにいられない、俺はどうでもいいと。
それから――やつが俺の言葉をどう解釈しようと勝手だが――
切られる喉がお前らにあるうちは、やつらの剣など気にしない。
俺としては、アテネで最も敬うべき老人の喉よりも
暴徒どもの陣にあるナイフのほうが
ずっと好ましく貴重だと思う。だから俺はお前らを
繁栄をもたらす神々の保護にゆだねる、
泥棒どもを牢番の手にゆだねるように。
フレヴィアス　もうお帰りなさい、どうせ無駄ですから。
タイモン　おっと、俺は自分の墓碑銘を書いていたんだ。
明日には姿を見せるだろう。長びいた俺の健康と生活の

病《やまい》もようやく快方に向かいはじめた、
そして無になればすべてが俺のものになる。行け、いつまでも
生きろ、
アルシバイアディーズがお前らの疫病になり、お前らがやつの
疫病になって、
延々と苦しむがいい。
元老院議員1 話しても無駄だ。
タイモン それでも俺は自分の国を愛している、それに
世間を丸ごと破壊して喜ぶような男でもない、
世間ではそう噂しているようだが。
元老院議員1 よく言った。
タイモン 心優しい我が同胞諸君によろしく。
元老院議員1 いま*のお言葉こそあなたの唇を通ってくるにふさわしい。
元老院議員2 そして偉大な凱旋将軍が、歓呼に包まれた門をくぐるように我々の耳に入ってくる。
タイモン 同胞諸君によろしく、

＊ These words become your lips as they pass through them. 元老院議員らはタイモンに対しここで初めて thou ではなく you という丁寧な二人称を使う。（一七五頁）

＊ in my close 「庭園」と訳したが close は大邸宅の中庭とか大聖堂の境内、広大な囲い地を言うことが多い。洞窟を住まいとするタイモンの自虐的な嫌味か。ちなみにプルタルコス作『英雄

そしてこう伝えてくれ、彼らの悲しみを和らげるために、
敵の襲撃に対する彼らの恐怖、苦痛、損失を、
恋の痛手を、そのほか、不確かな人生航路において
人間の体というもろい船が耐え続けるあまたの苦難を
軽減するために、俺はいささかの親切を施すと。荒れ狂った
アルシバイアディーズの怒りを阻止する道を教えてやると。

元老院議員1　（傍白）こいつはいい、戻ってくれるぞ。

タイモン　俺の庭園*には一本の木があるが、
必要があってそいつを切り倒さねばならない、
しかも間もなくだ。俺の友人たちに、
アテネの諸君に、身分の上下に応じた
敬意を払って言ってくれ、誰であれ
苦しみを終わらせたい者は、急ぎここに
駆けつけ、俺の斧がその木を切り倒す前に
首をくくれ。お二人に頼む、そう挨拶していただきたい。

フレヴィアス　もう邪魔をなさいますな、いつまで経ってもこの
通りです。

伝』の「アントニウス」の章にタイモン（ティモン）のことが出てくる（ちくま学芸文庫版「下」の四二二頁）。そこには「私には小さな地所があって、そこには無花果の木が生えている。その木で既に多くの市民が首を吊った。（中略）もしも諸君の中で首くくりをお望みの人があったら、無花果の木を斬る前にやってくれるよう公けに予告しておく」とある。シェイクスピアが本作の下敷きにしたのはサー・トマス・ノース訳（Geoffrey Bullough 編著 *Narrative and Dramatic Sources of Shakespeare* 第六巻二五一頁）で、それには I have a little yard in my house where there groweth a figge tree... とある。

タイモン　二度と俺に会いにくるな、アテネにこう言え、
タイモンは大海原の波が打ち寄せる岸辺に
永遠不滅の館を建てたと、
その館を日に一度荒れ狂う潮《うしお》が泡立つ白波で
覆い隠す。そこへ来て
俺の墓碑銘を読みお前たちの神託にしろ。
唇よ、あと二言三言《ふたことみこと》*通したら言葉を打ち切らせろ、
間違ったことを正すのは疫病や伝染病にまかせろ。
人間が作るのは墓だけだ、手に入れるのは死だけだ、
太陽よ、光を隠せ、タイモンが治める世は終わったのだ。
（退場）

元老院議員1　あの男の不満は取り除くことはできない、
かれの人格の一部だから。
元老院議員2　彼にかけた我々の望みは死んだ。戻って
ほかに残っている手をぎりぎりまで使い、
この差し迫った危機に対処せねば。
元老院議員1　急ぐのが第一だ。
（一同退場）

＊　FにはLips, let four words go by, and language end. とあり、このfour wordsが何のことかが問題。本訳では「四」という数はan indefinite number of words（不特定の数の語、言葉）という解釈を採り「二言三言」とした。アーデン3はfourをsour（もとは「酸っぱい」という意味。苦い、辛辣な）と校訂している。その場合はこれに続く三行と墓碑銘を指すことになる。「苦い言葉を通してやり、あとは打ち切れ」。

第三場　アテネ市壁の外

別の二人の元老院議員が使者とともに登場。

元老院議員3　いやな知らせを持ってきたな。やつの軍勢は
その報告どおり膨大なのか？

使者　申し上げたのは最少に見積もった数です。
そのうえあの快進撃ですから
いまにも襲ってくるでしょう。

元老院議員4　あの二人がタイモンを連れてこなければ
我々は重大な危険にさらされる。

使者　私は伝令に会いました、昔からの友人で、
公《おおやけ》の事柄では敵対していますが、それでも
旧知の仲なので、友として打ち解けて
話し合ったのです。その男はアルシバイアディーズの

命《めい》を受けタイモンの洞窟まで馬を飛ばし、
嘆願の手紙を届けるところでした。手紙の趣旨は、
この戦いは半ばはタイモンのために起こしたのだから
アテネ攻撃に加わってほしいというものです。

前場の二人の元老院議員登場。

元老院議員3 同僚たちが戻ってきた。
元老院議員1 タイモンの話はするな。期待するだけ無駄だ、
敵の太鼓が聞こえ、すさまじい攻撃でもうもうと
立った土けむりが空気を澱《よど》ませている。中に入り、防戦の準備
をしよう、
敵は落とし穴になり、我々はそこに落ちる獲物になりそうだ。
(一同退場)

(一七九頁)
＊1
この兵士は前の場で使者が言う「伝令」かもしれない。
＊2
Timon is dead, who hath outstretched his span./ Some beast read this,

第四場　森、タイモンの洞窟の前

兵士[*1]が一人、タイモンを探しながら登場。

兵士　様子からして、ここがそうに違いない。誰かいるか？　答えろ、おーい！　返事がないな。何だこれは？

「タイモン[*2]は死せり、その寿命を伸ばしきりしのちに、けだものこれを読むべし、もはや生ける人のなかりしゆえに」

死んだんだ、そうか、これが墓だな。何か書いてあるが俺には読めない。文字を蠟《ろう》に写し取っておこう。

我らの将軍ならどんなものでもお読みになれる、年は若いが解読にかけては老練だからな。

今ごろはもう傲慢なアテネの前に陣を張っておいでだろう、アテネ陥落こそ将軍の野心の目標なのだ。　（退場）

there does not live a man.　多くのモダンテクストではこの二行はイタリック体で印刷されているが、Fには引用を示すそのような手がかりはない。また、そこで、この二行については二つの説が生じる。①兵士自身の言葉。だが二行それぞれの最後の語、span と man が韻を踏んでいること、そしていかにもタイモンらしい人間嫌いの内容であることなどから、この説は弱い。②墓碑銘が二つある。一つは兵士にも読める言語で板か紙に書かれており、もう一つは当時の多くの墓碑銘がそうであったようにラテン語かギリシャ語で書かれている。兵士には読めない。そこで彼は蠟でいわば拓本を取り、次の場でアルシバイアディーズに見せる。

第五場　アテネの市壁の前

ラッパの音。アルシバイアディーズが軍隊を率いて登場。

アルシバイアディーズ　高らかにラッパを吹き、この臆病で淫らな街に
我が軍のすさまじい襲来を知らしめろ。

（談判を求めるラッパの音）

市壁の上に元老院議員たち登場。

今日《こんにち》までお前たちは放埒《ほうらつ》の
限りをつくし、正義と法を恣意的《しいてき》に
用《もち》いてきた。今日まで、私をはじめ
お前たちの権力の影に覆われていた者は、

腕組みをして悄然《しょうぜん》とさまよい歩き、いたずらに
苦難をかこつのみだった。だが今や機は熟した、
勇者の中でうずくまっていた活力は、みずから
「もうこれまでだ」と叫んでいる。今こそ息を詰まらせた不正
を
巨大な安楽椅子に坐らせ喘《あえ》がせてやる。
そして息切れした傲慢には恐れおののいて逃げまどわせ
呼吸困難に陥らせてやる。

元老院議員1　高潔な若き者よ、
君の最初の不満が単に胸の中の思いにすぎず
君にまだ兵力がなく我々にも恐れる理由がなかったころ、
我々は君のもとへ書面を送り、君の怒りを鎮めようとし、
君の不満と怒りにまさる愛をもって
我々の忘恩をぬぐい去ろうとした。

元老院議員2　同じく我々は
変わり果てたタイモンにも我らの街を愛するよう
懇願した、謙虚な姿勢で見返りを約束しつつ。

我々すべてが薄情だったわけではないのだから、
すべての者が見境なく戦争の打撃を受けるには当たるまい。

元老院議員1　[*1]我々の街を囲むこの石壁を
築いたのは、あなたに苦痛を与えた者たちの
手ではない、またこの街の大いなる塔や記念碑や建造物が
その者たちの犯した個人的な過ちゆえに
破壊されていいわけでもない。

元老院議員2　それに最初にあなたを
国外に追いやった者たちはもはや生きていない。
[*2]かつては欠けていた恥の意識を過剰なまでに感じ、
心臓が張り裂けたのだ。さあ、高潔な将軍、
軍旗をはためかせ、我らの都市へ入城したまえ。
君の飢えた復讐心が求めるのが
[*3]自然の忌み嫌うあの食物なら、
[*4]十人に一人を死刑に処し、
[*5]さいころの目次第で罪ある者の
目をふさぐがいい。

＊1
「君」と訳した原文の二人称代名詞はすべていわば「上から目線」の thou (thy thee) だがここへきて元老院議員1は丁寧な you (your you) を使っている。「あなた」と訳した。

＊2
Shame that they wanted, coming in excess,/ Hath broke their hearts. アルシバイアディーズを追放することをかつては恥と思わなかったが、いまや過剰に感じられて (coming in excess) 心臓を破裂させた、ということ。アーデン3が coming と校訂した語はFでは cunning (狡猾さ、抜け目なさ、ずるさ、老練、手際) となっている。これを採れば「老練さの欠如を恥じるあまり心臓が破れ

元老院議員1　みな[1]が罪を犯したわけではない。
死んだ者ゆえに生きている者に復讐するのは
公正ではない。罪[2]は領地とは違って
相続されはしない。だから、親愛なる同胞よ、
君の軍勢は中に入れても君の怒りは外に置いてゆけ。
君のゆりかごであるアテネと同胞たちの命を助けてくれ、
彼らは、君の忿怒《ふんぬ》の嵐に巻き込まれれば
罪ある者たちと共になぎ倒されるしかないのだ。羊飼いのように
囲いに近づいて、病気にかかったものだけを選び出し、
皆殺しにはするな。

元老院議員2　何を強行するにしろ
笑顔でおこない、
剣で切り開くのはやめてくれ。

元老院議員1　防備を固めたこの門も
君が足を向ければたちまち開く、
ただしその前に君の優しい心を示し、

た」となる。

＊3
that food which nature loathes　アルシバイアディーズが彼の祖国を滅ぼそうとするのは人肉食にも等しい不自然なことだと言っている。

＊4
By decimation and a tithed death　主に古代ローマで処刑として行われた、十人ごとに一人をくじで選んで殺すこと。

＊5
And by the hazard of the spotted die/ Let die the spotted.　最初の the spotted die は「目 = spot のついたさいころ」、次の die は動詞の「死ぬ」、the spotted は「汚れた者 = 罪人」、という言葉あそび。

友好的に入城すると言ってほしい。

元老院議員2　君の手袋か
あるいは何か君の名誉のしるしを投げてくれ、
この戦争を起こしたのは君が受けた不正を正すためであり、
我々を滅ぼすためではないという証拠に。そうすれば
君の全軍を迎え入れてこの町を彼らの停泊地にし、
やがて君の要求も完全に満たすようにする。

アルシバイアディーズ　では、そら、私の手袋だ。
下りてきてまだ攻撃を受けていない門を開けろ。
タイモンの敵と私自身の敵は
そちらで罪状を洗い出して処刑のこと、
それ以上は求めない。また諸君の不安を和らげるため、
私のさらに潔《いさぎよ》い意図を告げておくが、私の兵はただの一人も
駐屯区域の外には出さず、諸君の市内で励行されている
いかなる法律にも背かせない、
背いた者は諸君の公《おおやけ》の法に則《のっと》り
厳罰に処す。

（一八三頁）
＊1
旧約聖書「創世記」第一八章第二二〜三三節、アブラハムがソドムの町を救うよう神に頼んだくだりを踏まえているとされる。
＊2
Crimes like lands are not inherited. 『お気に召すまま』一幕三場でもロザリンドが公爵に向かって同じようなことを言う。「謀反は相続するものではありません（Treason is not inherited, my lord.）」（ちくま文庫版四二頁）

元老院議員二人　実に立派な言葉だ。
アルシバイアディーズ　下りてきて約束を果たしてくれ。
（元老院議員たちは市壁上から退場し、下に再登場）

兵士登場。

兵士　高潔な将軍閣下、タイモンは死に、
海辺《うみべ》の波打ち際に葬られています、
私は彼の墓石に刻まれたこの墓碑銘を
蠟に取ってきました、この柔らかな写しが
無学な私にかわって通訳としてお伝えします。
アルシバイアディーズ　（墓碑銘を読む）
＊「ここに横たわるは、あさましき魂を失いしあさましき骸《むくろ》、
我が名を問うなかれ。疫病よ、滅ぼし尽くせ、生き残れる卑劣
漢どもを。
我タイモン、ここに眠る。生前我は憎悪せり、生ける者すべて
を、

＊ Here lies a wretched corse, of wretched soul bereft:/ Seek not my name: a plague consume you, wicked caitiffs left./ Here lie I, Timon, who alive all living men did hate:/ Pass by and curse thy fill, but pass and stay not here thy gait.　前半二行と後半二行は内容的に矛盾する（「我が名を問うなかれ」と言っておいて「我タイモン」）。文体上も前半の二人称は you だが後半では thou が使われている。前半後半ともにノース訳プルタルコスからの引用で、ちくま学芸文庫版によれば、前半の「この碑銘は彼の存命中に作っておいたものといわれているが、広く知ら

汝《なんじ》通り過ぎ存分に呪え、通り過ぎて止《と》めるべからず、汝の歩みを」
これらの言葉は君の最晩年の心境をよく表している。
君は我々人間の悲しみを嫌悪し、
我々の流す涙をさげすみ、しみったれた自然とも言うべき我々が
こぼす滴《しずく》を軽蔑したが、豊かな想像力に
教えられて、広大な海の神ネプチューンを永遠に泣かせるのか、
海は君の低い墓を洗いつつ過ちを許す。
高潔なタイモンは死んだ、彼の思い出については
改めて語り合おう。市内に案内してくれ、そうすれば
私はオリーヴの枝と剣とを使い、
戦争には平和を生み出させ、平和には戦争を阻止させ、
お互いを相手の医者にして治療させよう。
さあ、太鼓を打て。　　　　　　（一同退場）

れているのはカリマコスの作のである」。そのあとに「人間嫌いのティモンがこの下にいる…」（下巻四二三頁）。シェイクスピアはとりあえず前半後半の両方を筆写し、おそらく後半のみを残すつもりだったのだろう（兵士がタイモンの墓だと同定）。ちなみにアーデン3は前半をカットしているが、参考のために両方を訳出した。

訳者あとがき

『アテネのタイモン』を訳したおかげで気づいたことがある。

この芝居を戯曲として読んだ人も、舞台を見た人も、まずおしなべて「バカだなタイモンて、おべっか使いの取り巻きなど信用せずに、執事のフレヴィアスの言うことをきいていればよかったのに」と思うのではないだろうか。ごく素直なふつうの感想として。かく言う訳者もどこかでそう思い、でもフレヴィアスの言うことに耳を貸していたらそもそもタイモンの悲劇は成り立たないよね、などと埒《らち》もないことを考えながら、ふとシェイクスピアの創作年表に目を向けた（オックスフォード・スクール・シェイクスピア・シリーズの巻末に付された年表で、時代とジャンルと作品群がひと目で俯瞰できる優れもの）。

よく知られているように、一六〇〇年代に入るとシェイクスピアの戯曲は俄然悲劇が多くなり、喜劇は「最後のロマンティック・コメディ」と言われる『十二夜』と「問題劇」と呼ばれる『尺には尺を』『終わりよければすべてよし』の三本だけ、しかも喜劇といっても翳りを帯びたり苦味が利いたりしてくる。

一六〇八年ごろまでの悲劇量産時代に並ぶタイトルは——

『ジュリアス・シーザー』(一五九九)
『ハムレット』(一六〇〇〜〇一)
『トロイラスとクレシダ』(一六〇一〜〇三)
『オセロー』(一六〇二〜〇四)
『リア王』(一六〇五〜〇六)
『マクベス』(一六〇六)
『アントニーとクレオパトラ』(一六〇六〜〇七)
『アテネのタイモン』(一六〇六〜〇七)
『コリオレイナス』(一六〇七〜〇八)

(カッコ内の推定創作年はオックスフォード・スクール・シェイクスピアの年表には書かれていない。並び順も右とは異なる。)

これを眺めていて「おお、タイモンだけじゃない」と思ったのだ。

何がタイモンだけじゃないのか。

冒頭でも述べたように、タイモンはごますりどもを信用すべきではなく、フレヴィアスの言うことを聞くべきだった。タイモンの悲劇は「信じる(trust)べき人を信じず、信じてはいけない人を信じ、聞くべき言葉を聞かず、聞いてはいけない言葉にばかり耳を傾けた」結果引き起こされたもの。その「信じるべき人を信じず、信じてはいけない人を信じ、聞くべき言葉を聞かず、聞いてはいけない言葉にばかり耳を傾けた」のが、タイモンだけじゃないのだ。

まずオセローとリア王はその最たる者。オセローにとって「信じるべき人」は妻のデズデモーナと副官キャシオー。しかし、二人が不倫しているというイアゴーの言葉を信じたオセローは嫉妬に狂った挙句、デズデモーナを絞殺してしまい（これもイアゴーの言うことを聞いて）、自らも命を断つことになる。

リア王は、国譲りの場で、姉娘ゴネリルとリーガンの言葉――自分たちがいかに父を愛しているか――を真に受け、寡黙だが信を置くべき末娘コーディリアやケント伯爵の言葉を聞こうともしない。コーディリアは勘当、ケントは追放。その結果として姉娘夫婦に嵐の荒野に放り出され、正気をなくしてしまう。副筋のグロスター伯爵も同じ過ちをおかす。次男エドマンドの奸計にはまり、信じるべき長男エドガーが自分の命を狙っていると思い込み、捉えて死刑に処すという布告を出す。ちなみにオックスフォード版の編注者ジョン・ジョウエットは、その序説で『リア王』と『タイモン』はどちらが先に書かれたか分からないくらい創作年が近いと言っている。

それだからか、リアとタイモンには強い共通点がある。自分の信頼と愛情（友情）を裏切った者たちを標的とするだけでなく、それをはるかに超えた人間そのもの、世界そのものに向けられる激しい呪詛の言葉がその一例だ。

オセロー、タイモン、リアの三人は「信じるべき人を信じず、信じてはいけない人を信じた」代表だが、他の悲劇の主人公たちも程度と質の違いはあれ、同じ心的行動を取る。シーザーは占い師の予言めいた警告にも妻カルパーニアの心配にも耳を貸さず、迎えに来たブルータス一派の誘いに乗ってキャピトルへ行き、暗殺される。プリアモスを長とするトロイの王族たちは、カサンドラの「予言」を一笑に付し、十年に及ぶ対ギリシャ戦に敗北してゆく。待ち受けているのは死とトロイの滅亡だ。マクベスは三人の魔女たちの「いずれは王になるお方」という言葉を「約束」と解して、ダンカン王殺害に手を染め、堕ちてゆく。これまた信じてはならなかったこと。アントニーも、オクテヴィアス・シーザー軍とのアクティアムの海戦前夜、イノバーバスの反対を押し切り、クレオパトラの勧めどおり海で戦うと宣言する。古参兵が、陸で戦えとわざわざ進言しに来ても無視してしまう（ちくま文庫版一四五〜一四八頁）。結果、惨敗である。コリオレイナスの場合は、いささか趣を異にする。何しろ相手は敬愛する母親ヴォラムニア。コリオレイナスが信頼すべき人であり、現に絶大な信頼を置いているが、聞くべき言葉か否かは大問題だ。母のローマ侵攻を断念せよという言葉を聞くべきか、聞かざるべきかで、息子はまさしく身を引き裂かれる思いをする。だが遂に母の説得に耳を貸し、言うことを聞いたために、オーフィディアスとの盟約を破らざるを得なくなり、命を落とす。タイモン、オセロー、リアは、要するに人を見る目がない、己が見えていない、状況がわかっていないということであり、更に一般化すれば文字通り致命的な判断ミスをおかすということだが、それを劇のアクションとして具体的に表すためにシェイクスピアが選び取った主人公の心的行動が「信じるべき人を信じず、信じてはいけない人を信じ、聞くべき人の言葉を聞かず、聞いてはいけない言葉に耳を傾ける」（面白いのは、ロミオとジュリエットとハムレットにはこの「法則」が当てはまらない）。

悲劇の時代に入ってこのような芝居ばかり書いたシェイクスピアに一体何があったのか、と訊きたくなるが、むろん理由など誰にも分からない。けれど、何かがあったにしろ、何もなかったにしろ、シェイクスピアという劇作家がこの点にこそ悲劇の種子を見出し、悲劇の大きなモメントにしているということは間違いないだろう。『アテネのタイモン』はそれに気づかせてくれたのだ。

いま私は『アテネのタイモン』が悲劇であるのはあたかも自明なことのような言い方をした。現にF1においてこの戯曲は悲劇の範疇に入っている。だが、原タイトルは *The Life of Timon of Athens* である。F1で悲劇（Tragedie）の範疇に入っているのは全部で十二本だが、『タイモン』を除くすべて、つまり、『シンベリン』を含む（！）

十一本は本文の頁頭にTragedie of … と印刷されている。Life of… は『タイモン』だけなのだ。この戯曲にはいくつかのややこしい「問題点」があり、ジャンルのこともその一つ。結論を言ってしまえば『アテネのタイモン』は悲劇と風刺劇（satire）と寓話劇のミックスなのだ。風刺劇は喜劇の範疇に入る。

ちょうど『トロイラスとクレシダ』が悲劇と喜劇のあいだで揺れているように（ちくま文庫版『トロイラスとクレシダ』二六五頁「訳者あとがき」参照）、この戯曲も収まりどころが悪い。このことは清水徹郎さんが「解説」のなかでトマス・ミドルトンとの共作の問題とからめて述べておいでだが、シェイクスピアより十六歳年下のこの劇作家は風刺劇を得意とした。スコットランド王ジェイムス六世は、一六〇三年にエリザベス一世のあとを継いでイングランド王ジェイムズ一世として即位したが、その浪費癖が一般民衆の耳目を集め、贈与で宮廷を支配したと言われている。それがこの芝居で風刺の対象になっているとみなせそうだ。

というわけで『アテネのタイモン』は悲劇・風刺劇・寓話劇のハイブリッドなのだが、シェイクスピアに悲劇を書こうという意志があったのは間違いなかろう。タイモンの物語や先行戯曲を下敷きにしつつ、そこにはない悲劇性を付与したのはシェイクスピアなのだから。とりわけタイモンその人の激しい呪詛の言葉は悲劇的迫力に満ちている。

ジャンルの問題に加えてもう一つ、『アテネのタイモン』という作品に付いて回る問題がある。それは、この戯曲が「未完」なのではないかということだ。未完説が根拠とするのは、①構成が粗い。タイモンを軸とするプロットはともかく、アルシバイアディーズのそれは詰めが甘く、尻切れトンボ、というより「頭切れトンボ」(第三幕第六場、彼は元老院議員たちを前にして友人の助命を訴えるが、背景も事情もさっぱり分からない)であること、②F1における登場人物名の綴りがまちまちだということ(アペマンタスの名だけでも四種の綴りがある。もっともこれは、当時の姓名の綴りがまちまちだったことを考えれば、あまり強力な根拠とは言えまい)、③内容が相矛盾する墓碑銘が二つあること、などである。未完なのかもしれない、そうでないかもしれない。未完か否かは措くとしても、推敲が十分でないのは確かで、それは脚注にも書いたように、第五幕第四場と第五場に出てくるタイモンの墓碑銘が如実に物語っている(一七九、一八五頁)。

推敲の余地があまたあるとは言え、伏線は要所要所できちんと張られているし、緻密な書き方と言っていいほどのくだりがあるのはさすがである。

一例を挙げよう。第一幕第二場のアペマンタスの「食前の祈り」の中にこんなくだりがある。「必要だからといって友人を信じませんよう(Grant I may never prove so fond) to trust my friends if I should need 'em.」(三五、六頁)。それから程なくしてタイモンは言う、「ああ、神々よ、我々が友人の助けを必要としないなら、友人を持つ必要がどこにある?(O you gods, think I, what need we have any friends, if we should never have need of 'em?)」。皮肉な響き合い。

もう一例。この戯曲には穿《うが》った台詞があまたあるのだが「約束」と「実行」に関するそれもその一つ。第四幕第三場でタイモンはアルシバイアディーズにこう言う、「友情を約束しろ、だが何ひとつ実行するな(Promise me friendship, but perform none)」(一二六頁)。これに続く場、五幕一場で画家が言う、「約束は現代の流行《はや》りです。期待の目を開かせる。実行はいざとなるとつまらんものです。だから単純素朴な平民以外では、有言実行はまるで流行らない。約束は時代の先端を行く洗練された行為だ。実行は遺言状か遺書みたいなもので、実行する本人の判断力が病み衰えた証拠です(Promising is the very air of th' time; it opens the eyes of expectation. Performance is ever the duller for his act and, but in the plainer and simpler kind of people, the deed of saying is quite out of use. To promise is most courtly and fashionable; performance is a kind of will or testament which argues a great sickness in his judgement that makes it.)」(一六一頁)。どちらの発言も妙に現代的だ。

また、タイモンとアペマンタスの丁々発止もよく練り上げられている。四幕三場、タイモンのアペマンタス相手の揚げ足取り、ああ言えばこう言う――同じ文体のやりとりが痛快だ。

シェイクスピアは『アテネのタイモン』において、悲劇としての未踏の領域に踏み込んでいる。

本作の翻訳にあたり底本としたのは Anthony B. Dawson と Gretchen E. Minton 編注のアーデン・シェイクスピア版第三シリーズだが、以下の諸版も参照した。H. J. Oliver 編注のアーデン・シェイクスピア第二シリーズ、G. R. Hibbard 編注のペンギン・シェイクスピア版、金子雄司編注のNHKシェークスピア劇場版、Barbara A. Mowat と Paul Werstine 編注のフォルジャー・シェイクスピア・ライブラリー版、Karl Klein 編注のニュー・ケンブリッジ・シェイクスピア版、John Jowett 編注のオックスフォード・ワールズ・クラシックス版、G. Blakemore Evans 編注のリヴァーサイド版、Stephen Greenblatt 責任編集のノートン版である。また、一六二三年出版の全集、ファースト・フォリオの復刻版にも随時当たった。

参照した先行訳は坪内逍遥訳（第三書館『ザ・シェークスピア』）、八木毅訳（筑摩書房『シェイクスピア全集』8悲劇Ⅲ詩）、小田島雄志訳（白水社『シェイクスピア全集』）である。

参考にした諸文献は以下のとおり。Geoffrey Bullough 編・解説の *Narrative and*

Dramatic Sources of SHAKESPEARE の VI 巻、『プルタルコス英雄伝』下（村川堅太郎編、ちくま学芸文庫）。

本訳による初演は二〇一七年十二月十五日～二十九日、彩の国さいたま芸術劇場大ホールにおける彩の国シェイクスピア・シリーズ第三十三弾としての上演である。スタッフ、キャストは以下のとおり。演出／吉田鋼太郎、美術／秋山光洋、衣裳／小峰リリー、照明／原田保、音響／角張正雄、ヘアメイク／佐藤裕子、振付／前田清実、演出助手／井上尊晶、北島善紀、舞台監督／小林清隆。タイモン／吉田鋼太郎、アペマンタス／藤原竜也、アルシバイアディーズ／柿澤勇人、フレヴィアス／横田栄司。アテネの元老院議員や貴族その他／大石継太、間宮啓行、谷田歩、河内大和、飯田邦博、新川將人、塚本幸男、二反田雅澄ほか。（二〇一七年八月現在）

彩の国シェイクスピア・シリーズは蜷川幸雄さんが芸術監督として第一弾『ロミオとジュリエット』（一九九八年）から演出を手がけてきたが、二〇一六年五月十二日に他界なさった。その後を継いで、蜷川さんの信頼厚い吉田鋼太郎さんが同シリーズの二代目の芸術監督に就任。『アテネのタイモン』はその演出第一作である。

シェイクスピアが蜷川さんと私たちをつないでくれる。

二〇一七年八月

松岡和子

解説　タイモンの会話

清水徹郎

『アテネのタイモン』はシェイクスピア戯曲全集、通称第一・二つ折本（一六二三年）に収録されたものが初刊。シェイクスピアと同時代の上演記録は残っていない。シェイクスピアとトマス・ミドルトンの合作、一六〇七年前後の執筆と推測されている。風刺をあまりやらなかったシェイクスピアとしては異色の作品と言えるが、実際に風刺を扱う場面の多くはミドルトンが執筆した可能性が高いと推定されている。人間嫌いタイモンの伝説は紀元前五世紀アリストパネスの喜劇にまで遡れるが、古代ではプルタルコスの『英雄伝』とルキアノスの『対話篇』それぞれの記述が最も重要な記録。ルネサンス期にはすでに人間嫌いタイモンの話が様々な作家によって言及されているが、シェイクスピアが古典の記述に直接英訳かラテン語訳（ルキアノスは後者のみ）で馴染んでいた可能性も高い。またこの作品に近い時期の翻案で、法学院で上演された作者不詳の喜劇『タイモン』からの影響も指摘されている（アーデン・シリーズ第三版、A・ドーソンとG・E・ミントンの解説参照）。人間嫌いタイモンの人物像はそれまで嘲笑の対象として描かれるのが一般だったが、それに思想性と悲劇的な深みを与えたのがシェイクスピアの独自なところ。

さて『アテネのタイモン』を芝居のテーマの点から見るならば、ジェームズ一世治下の宮廷生活の奢侈や金権主義的な世相を風刺する側面と、友情と追従との違いを追求する側面と、両面あることが明らかだが、シェイクスピア自身の仕事に関心のある者にとって興味深いのはどちらかといえば後者だろう。というのも、この作品で実際にシェイクスピアの手が入っていると推定される箇所は主に後者のテーマを扱う場に集中しているように思われるからだ。

詩人の文体的特徴他を統計的に分析する手法による研究の成果で、最近ではどの部分にどの詩人の手が加わっているかということまでかなり細かく推定できるようになっている。『アテネのタイモン』について言えば、細かな部分の帰属については研究者間で意見が分かれるところが多いものの、大まかに言って風刺的な場面や宴会・仮面劇《マスク》などのスペクタキュラーな部分はミドルトンの分担であったと推測するのが多くの研究者の一致するところだ。具体例を一つ挙げれば、本作品中もっとも長い第四幕第三場は執事フレヴィアスの登場する場面を除き、ほぼ全面的にシェイクスピアの手になると推定されている。荒野に隠遁生活をするタイモンのところに多様な人物が現れて対話をしていくくだりだ。

シェイクスピア執筆と推測される部分のテキストを手掛かりに、以下の二つの問題を考えてみたいと思う。一つは友情と似て非なる追従や御都合主義を断罪し呪う行為そのものが自己矛盾をはらみ苦悩を呈する点。もう一つは呪いの言葉と対話の効力について。

タイモンは、経済的苦境に陥った際に、友人だと信じていた人々の誰ひとり救いの手を差し伸べてくれないのを知って、追従を友情と取り違えていた過ちを悟る。その結果彼はアテネの町を捨て、すべてを呪い、極端な人間嫌いとして荒野に暮らすことになる。シェイクスピアの場合に特徴的なのは、それが世相の風刺にとどまらず、人間を呪う主人公自身の自己矛盾と苦悩の表現へと向かうところだ。ところで追従や御都合主義が友情とは別物であることを頭で理解し、かつそのように主張することは容易だろう。しかし現実には両者の境界が極めて曖昧なままであるのが通常で、むしろその厳密な区別に固執することの方が我々の生存を危うくする。あえて深入りしすぎないのが花だ。『アテネのタイモン』のシェイクスピアは、その手の営みの明白な危険と矛盾を承知の上で、その無謀な断罪へと我々を巻き込む芝居を書いたと言えよう。ほぼ同じ頃に書かれたはずの『ソネット集』の詩人の苦悩と自己矛盾にも似た、いわばメタポエティックな残酷さなのだ。

さて、対話と呪いの台詞についてはどうだろうか。

不思議なことにシェイクスピア劇の世界で言葉が魔力を持つのは、祈願や呪詛においてではなく、むしろごくありふれた対話においてだ。この芝居の状況からは少し離れるが、まずシェイクスピアにおいて対話が魔術的であることを示す、気になる事実から見ておこう。訳者の松岡和子さんも別なところで書いておられるが、シェイクスピアの芝居では、テンポよく会話を交わす男女は必ず愛し合うようになるという「法則」が見られる。これは確かにそうだ。その会話は必ずしも愛の囁きである必要はない。『から騒ぎ』のベアトリスとベネディックのように喧嘩口調でもしかり。対話には恋の奇跡を引き起こす魔力が潜んでいるらしい。このことは、色恋の話と無縁な『アテネのタイモン』とは遠い問題と思われるかもしれないが、案外そうでもない。恋人候補の男女に限らず、ペリクリーズとマリーナのような親子、あるいは無関係な人間同士でも、対話が魔術的な力を持つ例がシェイクスピアには多い。つまり色恋に限らず、自然な関係を可能にするには対話の力が不可欠なのである。言わずもがなのお説教のようだが、少し違う。問題は、ごくありふれた内容の会話に脅威を感じさせるほどの魔力を持たせてしまう、詩人の芸である。

『アテネのタイモン』はすでに述べたようにシェイクスピアとミドルトンの合作とされる作品だが、会話の魔力に関わりそうな場面は、ほぼすべて「推定シェイクスピア執筆部分」に集中するように思われる。

画家　二人が話しているのを見たことがあります。（一幕一場）

シェイクスピア執筆部分とされる第一幕第一場では、タイモンが話す相手はほぼすべて後に追従者と判明する人間ばかりで、交わされる言葉も一方向的であるのを特徴とするが、唯一の例外がつむじ曲がりの哲学者アペマンタスとの会話。画家が、タイモンとアペマンタスが会話するのを見た……と証言するところが印象的だ。皮肉がその台詞のほとんどとはいえ、この場でも実際にタイモンと「テンポの良い」会話をする人物は彼一人である。この皮肉屋は『十二夜』のフェステや『リア』の道化を連想させる道化的人物。道化とだけ会話ができるということは、裏返せば、人とまともな会話ができていないということでもある（変装したヴァイオラは、フェステとの会話を例外に自分を殺した言葉でしか話せない）。

さて興味深いのは、裏切られて人間すべてを嫌悪し、アテネを捨てることを決意してから後のタイモンをめぐる言葉の動きだろう。呪いと悪態と対話に注目したい。第四幕第一場でアテネを去りゆくタイモンが城壁を振り返って長い呪いの台詞を吐く。

タイモン　振り返ってお前を見るか。ああ、あの狼どもを
　囲いこんでいる石壁よ、大地に沈め、
　もうアテネを守るな！　人妻たちは不倫しろ、

シェイクスピア劇で呪いの言葉を吐く人物のほとんどの場合がそうであるように、タイモンの呪いは実現しない。すなわち言葉が魔術的力を持つことはなく、むしろ台詞を発した人物の、錯乱しかけた狂おしい苦悩を暴く。リアにも似る。

アテネを去り隠遁生活を始めたタイモンに、皮肉にも次々と人が訪れて会話を強いる。ここでも鍵となるのはアペマンタスだろう。

タイモン　そもそも資産がないのに愛されてるやつがいたか？
アペマンタス　いた、俺だ。
タイモン　そういえばお前にも犬を飼うくらいの資産はあった。

お互いに悪態をついているようで、その実、結構息が合っている。面白いのは、アペマンタスとのこのやりとりのすぐ後で登場する山賊たちの反応。

山賊３　あいつの「やれ」という呪文のせいで俺はこの商売をやめたくなった。

人間嫌いになってから、逆に、人との会話が得意になっている。招かざる客を鬱陶しく

思うように見えて、その実、意外と会話を楽しんでいるようだ。人間嫌いが最も人間らしいというパラドックス。

善良だが肝心なところが抜けている執事フレヴィアスは、主人のその変化に気づいていない。第五幕第二場で彼は善意から主人に引導を渡してしまうのだ。

タイモン　……俺の友人たちに、
アテネの諸君に、身分の上下に応じた
敬意を払って言ってくれ、誰であれ
苦しみを終わらせたい者は、急ぎここに
駆けつけ、俺の斧がその木を切り倒す前に
首をくくれ。お二人に頼む、そう挨拶していただきたい。
フレヴィアス　もう邪魔をなさいますな、いつまで経ってもこの通りです。

二十世紀の芝居『ゴドーを待ちながら』でディディとゴゴの二人が演じたように、演劇の世界では、そう簡単に首をくくれるやつなどいない。タイモンはひょっとして、もう一度アテネの「友人たち」とまともな会話をしたかったのかもしれない。ギリシアの詩人カリマコスが書いたという墓碑銘などにはなりたくなかっただろう。

「我が名を問うなかれ。……／我タイモン、ここに眠る。」

⚜戦後日本の主な『アテネのタイモン』上演年表（一九四五〜二〇一七年）

松岡和子

＊上演の記録は東京中心。脚色上演を含む。
＊配役の記号は、タイモン＝T、フレヴィアス＝F、アペマンタス＝Ap、アルシバイアディーズ＝Al

一九八〇年十二月　シェイクスピア・シアター＝小田島雄志訳／出口典雄演出／日高勝彦照明／重藤洋一音楽／T＝田代隆秀、F＝佐藤昇、Ap＝松井純郎、Al＝渡辺哲／東京・ジァン・ジァン

一九九一年六月　朗読シェイクスピア全集＝小田島雄志訳／荒井良雄演出／東京・岩波シネサロン

一九九六年一月　シェイクスピア・シアター＝小田島雄志訳／出口典雄演出／倉本政典美術／尾村美明照明／福島一幸音楽／樋口藍衣裳／T＝吉田鋼太郎、F＝鵜澤秀行、Ap＝細谷健、Al＝大塚英市／東京・パナソニック・グローブ座（現・東京グローブ座）

二〇〇九年二月　楠美津香ひとりシェイクスピア『超訳アテネのタイモン』＝小田島雄志訳を参考にした脚色／東京・労音東部センター。二〇一一年、二〇一三年、二〇一四年に東京、横浜で再演。

二〇一一年九月　ミクニヤナイハラプロジェクト『前向き！タイモン』＝『アテネのタイモン』を下敷きにしたオリジナル／矢内原美邦作・演出・振付／細川浩伸美術／南香織照明／高橋啓祐映像／タイモン＝鈴木将一朗、メイド＝笠木泉、農民＝山本圭祐／東京・こまばアゴラ劇場。京都府立文化芸術会館でも上演。二〇一三年に東京、伊丹、仙台、いわき、名古屋で再演。

二〇一二年六月　板橋演劇センター＝小田島雄志訳／遠藤栄藏演出／W・EIZI美術／小関英勇照明／えみこ衣裳／T＝遠藤栄藏、F＝酒井恵美子、Ap＝鈴木吉行、Al＝遠藤祐明／東京・板橋区立文化会館小ホール

二〇一七年四月　シェイクスピアプレイハウス＝小田島雄志訳／ホースボーン・由美演出／五十部裕明照明・音響・映像／プレイヤー＝篁朋生、ダンサー＝佐々木健、ミュージシャン＝五十部裕明／東京・シェイクスピアティーハウス

二〇一七年十二月　彩の国さいたま芸術劇場＝松岡和子訳／吉田鋼太郎演出／秋山光洋美術／小峰リ

リー衣裳／原田保照明／角張正雄音響／井上尊晶・北島善紀演出助手／T＝吉田鋼太郎、F＝横田栄司、Ap＝藤原竜也、Al＝柿澤勇人／さいたま市・彩の国さいたま芸術劇場大ホール（予定）

本書はちくま文庫のための訳し下ろしである。

本書のなかには、今日の人権意識に照らせば不当・不適切と思われる表現を含む文章もあるが、本書の時代背景および原著作の雰囲気を精確に伝えるため、あえてそのままとした。

ちくま文庫

アテネのタイモン　シェイクスピア全集29

二〇一七年十月　十　日　第一刷発行
二〇二二年三月二十五日　第三刷発行

著　者　シェイクスピア
訳　者　松岡和子（まつおか・かずこ）
発行者　喜入冬子
発行所　株式会社　筑摩書房
東京都台東区蔵前二―五―三　〒一一一―八七五五
電話番号　〇三―五六八七―二六〇一（代表）
装幀者　安野光雅
印刷所　中央精版印刷株式会社
製本所　中央精版印刷株式会社

ISBN978-4-480-04529-4 C0197